द हाफ बेसमेंट

लेखिका: बोकसून किम

प्रस्तावना

मेरी दोस्त हे हून मातोस मेरे घर आईं। जाने से पहले उन्होंने मुझसे कहा, "तुम अपनी दूसरी किताब लिखोगी।" मैंने मन ही मन जवाब दिया, "मुझे नहीं लगता।" मेरी पहली किताब 'I asked the author' को प्रकाशित करने में मैंने इतनी कठिनाइयों का सामना किया था कि मैं फिर से उस प्रक्रिया से नहीं गुज़रना चाहती थी।

लेकिन समय के साथ, मैंने उन कहानियों को लिखने की इच्छा महसूस की, जो मैं साझा करना चाहती थी लेकिन अब तक कह नहीं पाई थी। 50 साल से अधिक समय मिशन के क्षेत्र में बिताने के बाद, और उन लोगों की ज़िंदगी को करीब से देखने के बाद, जो विदेशों में रहकर प्रभु की सेवा कर रहे थे, मेरे पास ऐसी बहुत-सी कहानियां जमा हो गई थीं जिन्हें मैं साझा करना चाहती थी।

मेरे दिमाग में सबसे पहला शब्द आया हाफ बेसमेंट, यह सोचने से भी पहले कि मैं किताब लिखने वाली हूँ। हाफ बेसमेंट गरीबी का पर्याय है। अमीर लोग हाफ बेसमेंट में नहीं रहते, बल्कि गरीब लोग रहते हैं। हाफ बेसमेंट में ज़मीन से आने वाली नमी के कारण हमेशा सीलन रहती है। खिड़की से बाहर का नज़ारा कोई सुकून देने वाली हरियाली नहीं होता, बल्कि ज़मीन पर चलते लोगों के पैर और टखने दिखते हैं। जब हाफ बेसमेंट की खिड़कियां हवा के लिए खोली जाती हैं, तो बाहर से लोग अंदर की ज़िंदगी को आसानी से देख सकते हैं। लेकिन सबसे बुरा यह है कि आग या बाढ़ के समय, हाफ बेसमेंट में फंसे रहने और बाहर निकलने

का कोई रास्ता न मिलने का डर हमेशा बना रहता है। यह ऐसी जगह नहीं है, जहाँ कोई पर्याप्त पैसे होने पर रहना पसंद करेगा।

लेकिन प्रभु ने मुझे हाफ बेसमेंट में रहने का मार्ग दिखाया। यहीं से मेरी ज़िंदगी ने अंकुरित होना, बढ़ना, और फूलों की तरह खिलना शुरू किया। मेरा हाफ बेसमेंट प्यार, जीवन, और आशीर्वाद से भरपूर एक पवित्र स्थान बन गया।

मैं अपनी अनकही कहानियां उन मिशनरियों के साथ साझा करना चाहती हूँ जो अब सेवानिवृत्त हो चुके हैं, ताकि उन्हें उस राह का एहसास हो सके जो मैंने तय की। साथ ही, मैं प्रभु के उन कीमती सेवकों को प्रोत्साहन और चेतावनी के रूप में मार्गदर्शन देना चाहती हूँ, जो अपनी सेवाओं में सक्रिय हैं, । इसके अलावा, मैं उन युवाओं को भी अपनी कहानियां सुनाना चाहती हूँ, जो अपनी ज़िंदगी प्रभु की सेवा के लिए समर्पित करने की इच्छा रखते हैं। मेरी प्रार्थना है कि इस किताब के पाठक अपनी सेवाओं में भरपूर फल उत्पन्न करें।

बाद में, मैंने हे हून से पूछा कि उन्होंने मुझसे यह क्यों कहा था, “तुम अपनी दूसरी किताब लिखोगी।” उन्होंने मुस्कुराकर जवाब दिया कि उन्होंने ऐसा बिना किसी ख़ास वजह के कहा था। लेकिन उनके शब्द, प्रभु के अडिग शब्द बन गए, और उन्होंने मुझे इस किताब को लिखने के लिए प्रेरित किया।

मैं अपने दिल की गहराई से पास्टर इसहाक मून और मिसेज सेयुन मून का धन्यवाद करती हूँ, जिन्होंने मेरी किताब को पढ़ा और संपादित किया। मैं कवि मार्क होंग की आभारी हूँ, जिन्होंने मेरे पति की अंग्रेज़ी कविताओं का कोरियन में खूबसूरती से अनुवाद किया। पास्टर जोशुआ ली का भी धन्यवाद करती हूँ, जिन्होंने मुझे अपनी किताबों के प्रकाशन के लिए प्रेरित किया। इसके अलावा, मैं क्रिस, अमेज़न पब्लिशिंग नेटवर्क,

होंग यंगचुल (कोरियन प्रकाशक), और ह्यूस्टन सीएमआई चर्च के पास्टर जॉन ली का भी आभार मानती हूँ, जिन्होंने मुझे व्यावहारिक रूप से समर्थन और मदद प्रदान की।

विषयसूची

अध्याय 1:
चमत्कारी कार दुर्घटना

धड़ाम!

मैं ज़ोरदार झटके की वजह से नींद से जाग गई, जैसे कोई भूकंप आ गया हो। चारों तरफ़ सब कुछ इतना सफ़ेद था, जैसे ताज़ा गिरी हुई बर्फ़। मैंने सोचा, "मैं कहाँ हूँ? क्या मैं स्वर्ग में हूँ?" चारों तरफ़ नज़र घुमाने पर समझ आया कि मैं अपनी कार के अंदर हूँ, और मेरी कार पूरी तरह बर्फ़ से ढंकी हुई है।

मैं इंडियाना टर्नपाइक पर ओहायो टर्नपाइक की ओर जा रही थी। मौसम ठंडा और बर्फ़ीला था, इसलिए मैं धीरे-धीरे, लगभग 60 मील/घंटे की रफ़्तार से गाड़ी चला रही थी। लेकिन गाड़ी चलाते-चलाते मुझे झपकी आ गई। मेरी कार ने पीली मध्य रेखाओं को पार किया, दूसरी लेन से गुज़री, और बर्फ़ के एक बड़े ढेर से टकराकर रुक गई। वहाँ बर्फ़ हटाने वाले ट्रक एक्सप्रेसवे से बर्फ़ हटाकर बड़े-बड़े ढेरों में जमा कर देते थे, जो हर आधे या चौथाई मील पर दिखाई देते थे।

मैं ज़िंदा थी! मेरी सीट बेल्ट सुरक्षित तरीके से बँधी हुई थी, और मुझे कोई चोट नहीं लगी थी। उस वक्त, 1975 की सर्दियों में, कारों में एयरबैग नहीं हुआ करते थे। मैंने ख़ुद से पूछा, "अब क्या करना है?" सबसे पहले, जब तक मेरी ताकत, शरीर का तापमान और ऑक्सीजन बनी हुई थी, मुझे जल्द से जल्द कार और उस बर्फ़ के ढेर से बाहर निकलना था।

कार का दरवाज़ा खोलना नामुमकिन था क्योंकि बर्फ़ ने दरवाज़ा पूरी तरह ब्लॉक कर रखा था। खिड़की खोलना मुमकिन था क्योंकि खिड़की मैनुअल थी। लेकिन मैंने सोचा, "अगर खिड़की खोलने से बर्फ़ कार के अंदर गिर गई, तो कार और ठंडी और गीली हो जाएगी।" और अगर मैं खिड़की से बाहर निकल भी जाऊँ, तो मुझे किस दिशा में जाना चाहिए? क्या मैं बर्फ़ में फँस जाऊँगी? इतने सारे सवाल थे और हर एक का जवाब एक बड़ा सवाल बनकर खड़ा था।

क्यों न इंजन चालू करूँ?

मैंने इंजन स्टार्ट किया, और यह चालू हो गया! मैंने ट्रांसमिशन हैंडल को रिवर्स में डाला और धीरे-धीरे गाड़ी को बर्फ़ के ढेर से बाहर निकाला। कुछ ही पलों में, मेरी कार बर्फ़ से बाहर आ गई। मैंने पीली मध्य रेखाओं को पार किया और वापस ओहायो की ओर जाने वाली लेन पर आ गई। बाद में, कार के नीचे कुछ नुकसान पाया गया, जिसे ठीक करवाना पड़ा, लेकिन कार ने मुझे सुरक्षित घर तक पहुँचा दिया।

इस दुर्घटना में मैंने कई चमत्कार देखे। सबसे बड़ा चमत्कार यह था कि मुझे कोई चोट नहीं आई। दूसरा चमत्कार यह था कि मेरी कार बर्फ़ के ढेर से टकराई, न कि कहीं और। अगर कार थोड़ा दाएँ या बाएँ टकराती, तो वह बर्फ़ के पतले हिस्से को पार कर गड्ढे में गिर सकती थी। और सबसे बड़ा चमत्कार यह था कि मेरी कार विपरीत दिशा से आ रही ट्रैफिक से नहीं टकराई। यह सब प्रभु की कृपा थी। उन्होंने मेरी जान बचाई। मैंने महसूस किया कि प्रभु की मेरी ज़िंदगी के लिए कुछ योजना है, और मुझे अभी मरना नहीं है।

कुछ दिन पहले, इस यात्रा से पहले, मुझे शिकागो के एक चर्च में प्रार्थना सभा में बुलाया गया था। न्यूयॉर्क छोड़ने के बाद, यह पहली बार था जब मैंने चर्च के सदस्यों से मुलाकात की। मेरी योजना थी कि मैं

शिकागो जाऊँ, प्रार्थना सभा में शामिल होऊँ, और उसी रात टोलेडो वापस लौट आऊँ। सुबह मुझे टोलेडो यूनिवर्सिटी में अपनी जर्मन कक्षा का टेस्ट देना था, जिसे मैं किसी भी हाल में मिस नहीं करना चाहती थी।

लेकिन जब मैं शिकागो के चर्च पहुँची, तो मुझे यह पता चला कि प्रार्थना सभा एक और जगह पर थी, जो वहाँ से दो घंटे की दूरी पर थी। इसका मतलब था कि छह घंटे ड्राइव करने के बाद, मुझे दो घंटे और ड्राइव करना था। मैं एक दूसरी कार के पीछे-पीछे चल रही थी। मैं थकान से चूर थी और मुझे सबकुछ डबल दिखाई दे रहा था। मेरी नज़र वैसे भी कमज़ोर है, और जब मैं बहुत थक जाती हूँ, तो हर चीज़ मुझे डबल दिखाई देती है। मुझे गाड़ियां, रेखाएं, और लेन सब डबल दिखने लगे। मुझे यह समझ नहीं आ रहा था कि असली क्या है और नकली क्या।

उस वक्त मोबाइल फ़ोन नहीं थे, इसलिए मैं सामने वाली कार को रुकने के लिए भी नहीं कह सकती थी। फिर भी, किसी तरह मैंने डबल विज़न के साथ उस प्रार्थना सभा वाली जगह सुरक्षित पहुँचने का रास्ता तय कर लिया। वहाँ सभी लोग शिकागो चर्च के थे, बस मैं ही बाहर से आई थी। प्रार्थना सभा बहुत छोटी थी, इसमें न तो कोई ख़ास प्रार्थना विषय था और न ही यह एक घंटे से ज़्यादा चली। सभा में कुल मिलाकर एक दर्जन से भी कम लोग थे।

मैं आज तक समझ नहीं पाई कि वे लोग दो घंटे गाड़ी चलाकर प्रार्थना करने क्यों गए और फिर दो घंटे वापस लौटे। वे सीधे शिकागो के चर्च में प्रार्थना क्यों नहीं कर सकते थे? यह मेरे लिए एक पहेली है।

प्रार्थना सभा के बाद, सभी लोग वापस शिकागो की ओर लौटने लगे। वापसी के रास्ते में, मुझे डबल दिखाई देना बंद हो गया था। शायद प्रार्थना सभा के दौरान एक घंटे बैठने से मेरी ताक़त थोड़ी लौट आई थी। जब हम शिकागो पहुँचे, तब रात के लगभग 11 बज चुके थे। वहाँ सबने मुझसे

रात रुकने को कहा, लेकिन मैं वापस जाने के लिए तैयार थी। मैंने ज़ोर देकर कहा कि मैं लौट रही हूँ। एक व्यक्ति ने कहा, “उसे जाने दो। वो हमेशा वही करती है जो वो सोचती है।”

हाँ, मैंने फ़ैसला किया था कि मुझे सुबह जर्मन टेस्ट देना है। मेरी योजना थी कि मैं छह घंटे ड्राइव करके सुबह-सुबह टोलेडो पहुँच जाऊंगी। वहाँ थोड़ा आराम करूँगी और फिर परीक्षा दूंगी। लेकिन ड्राइव करते-करते मैं झपकी लेने लगी और सोते हुए गाड़ी चलाने लगी।

जब मैंने इंडियाना टर्नपाइक से ओहायो टर्नपाइक की ओर ड्राइविंग शुरू की, तो मुझे बार-बार नींद आने लगी। मैंने अपनी कार एक्सप्रेसवे के किनारे खड़ी कर दी ताकि थोड़ी झपकी ले सकूँ। लेकिन जब मैंने इंजन बंद किया, तो इतनी ठंड थी कि मैं सो नहीं पाई।

जब मैंने ओहायो टर्नपाइक में प्रवेश किया, तो मेरी सतर्कता थोड़ी बढ़ गई और मैं सुरक्षित रूप से अपने अटारी वाले कमरे तक पहुँच गई। मेरी योजना थी कि मैं थोड़ा आराम करके क्लास के लिए जाऊँगी। लेकिन इसके बजाय, मुझे अपने दाहिने पैर में तेज़ दर्द के कारण सीधे इमरजेंसी रूम जाना पड़ा।

अध्याय 2:
प्रलोभन

मुझे अस्पताल में भर्ती कर लिया गया। जाँच के बाद पता चला कि मेरे दाहिने पैर में डीप वेन थ्रॉम्बोसिस (गहरी नसों में ख़ून के थक्के) हो गया है। पिछले 24 घंटों में, मैंने लगभग 18 घंटे बिना आराम और नींद के गाड़ी चलाई थी। डॉक्टर ने सख़्त हिदायत दी कि मुझे हर समय बिस्तर पर ही रहना होगा, 24/7। यहाँ तक कि बाथरूम जाने की भी इजाज़त नहीं थी, और मुझे बेडपैन का इस्तेमाल करना पड़ता था। मेरा पूरा दाहिना पैर, पैर के अँगूठे से लेकर कमर तक, दो या तीन इलेक्ट्रिक हीटिंग पैड्स में लपेटा गया था, जिनमें गीले तौलिए रखे हुए थे। मुझे ब्लड थिनर और मसल रिलैक्सेंट दवाएं दी जा रही थीं, क्योंकि डॉक्टरों ने बताया कि अगर ख़ून का कोई थक्का टूटकर ख़ून की धारा में चला गया, तो यह जानलेवा हो सकता है। थक्के बनने की प्रक्रिया को रोकना और उलटना बेहद ज़रूरी था।

कई दिनों तक मैं बिस्तर पर ही लेटी रही, सिर्फ़ खाने के समय उठती थी। हालाँकि, मैं दिन-रात सो रही थी, फिर भी भविष्य को लेकर चिंता सताने लगी। नर्सिंग का काम लंबे समय तक खड़े रहने की माँग करता है, और अब मेरे लिए ऐसा करना मुश्किल था। मुझे समझ नहीं आ रहा था कि मैं दोबारा नर्स का काम कर पाऊँगी या नहीं। अगर मैं काम नहीं कर सकी, तो अमेरिका में अपनी ज़िंदगी कैसे चलाऊँगी? अगले महीने का किराया, कार की किश्त और बीमा कैसे भरूँगी? क्या मुझे कोरिया वापस जाकर अपने परिवार पर निर्भर हो जाना चाहिए? यह सब सोच-सोचकर

मन बेचैन हो रहा था। सौभाग्य से, कोरिया से न्यूयॉर्क आने वाली फ़्लाइट का भुगतान मैंने पहले ही पूरा कर लिया था, क्योंकि मैं इसे मासिक किश्तों में चुका रही थी।

इसी दौरान, अस्पताल में काम करने वाले एक कोरियन डॉक्टर मुझसे मिलने आए। वह मेरी स्थिति को लेकर वाक़ई परेशान थे। उन्होंने मुझसे कहा, "मिस युन, आपको अब स्थिर जीवन शुरू करना चाहिए। मेरे एक डॉक्टर दोस्त हाल ही में वेस्ट जर्मनी से टोलेडो आए हैं। वह अब तक शादीशुदा नहीं हैं, क्योंकि पढ़ाई में बहुत व्यस्त रहे। पढ़ाई से उन्हें गहरा लगाव है। जब आपको अस्पताल से छुट्टी मिलेगी, तो मैं आप दोनों की मुलाकात करवाऊँगा।" इतना कहकर वह चले गए।

मैं बहुत थकी हुई थी और नींद मुझ पर हावी हो रही थी। लेकिन मुझे पता था कि यह प्रलोभन है। एक समय ऐसा भी था जब मैं बुरी आत्माओं के प्रभाव में आ चुकी थी। उस दौरान मैंने समझा था कि बुरी आत्माएं हमारे मन में प्रवेश कर हमारे विचारों और भावनाओं को नियंत्रित कर सकती हैं। कोरियन डॉक्टर शायद यही सोच रहे थे कि वह मेरे और अपने दोस्त के लिए कुछ अच्छा सुझाव दे रहे हैं। उन्हें इस बात का अहसास भी नहीं था कि यह विचार उनके दिल में किसी और ने डाला था और वह सिर्फ़ एक संदेशवाहक थे। उनके जाने के बाद, मैं इस बात पर हैरान थी कि शैतान मेरे दिल की गहराई को इतनी सटीकता से कैसे समझ सकता है। एक मेडिकल डॉक्टर, जो पढ़ाई का दीवाना है और धाराप्रवाह जर्मन बोलता है, शादी के लिए एक बेहतरीन विकल्प था। मैंने उस डॉक्टर को देखे बिना ही मन ही मन पसंद कर लिया। वह वेस्ट जर्मनी से थे, और उनकी योग्यता और स्वभाव पहले से ही मुझे आकर्षित कर रहे थे। लेकिन उसी समय, मैंने यह भी महसूस किया कि यह प्रलोभन का एक हिस्सा था। प्रलोभन हमेशा मीठा होता है, और उससे बचना बहुत कठिन।

अब मुझे फ़ैसला करना था—क्या मुझे इस डॉक्टर से मिलना चाहिए या नहीं। एक तरफ़, यह विचार मुझे समझदारी भरा लगा। मेरे लिए यह मौक़ा था कि मैं अपनी पसंद के व्यक्ति के साथ घर बसा सकती थी और साथ ही अपनी आर्थिक समस्याओं का समाधान भी कर सकती थी। लेकिन दूसरी तरफ़, मैंने अपने जीवन को परमेश्वर की सेवा के लिए समर्पित करने का निर्णय लिया था। क्या मैं इस व्यक्ति से शादी करने के बाद भी परमेश्वर की सेवा के अपने उद्देश्य को निभा पाऊँगी? या मुझे इस डॉक्टर से मिलने से ही मना कर देना चाहिए? लेकिन अगर मैंने मना कर दिया, तो अपने बीमार पैर के साथ मैं अपना गुज़ारा कैसे करूँगी? इन सवालों का जवाब ढूँढना ज़रूरी था। लेकिन उस वक्त, मैं इतनी थकी हुई थी कि सोच पाना भी मुश्किल लग रहा था। मुझे अपने भविष्य का फ़ैसला करने के लिए पूरी तरह जागरूक और स्पष्ट दिमाग़ की ज़रूरत थी।

मैं दिन-रात इतनी सुस्त और नींद में क्यों महसूस कर रही थी? फिर अचानक मुझे समझ आया कि इसकी वजह स्लीपिंग पिल्स थीं। ये मुझे आराम करने और निष्क्रिय रखने के लिए दी जा रही थीं। मैंने कभी स्लीपिंग पिल्स नहीं लीं, लेकिन मसल रिलैक्सेंट में ऐसे तत्व मौजूद थे जो नींद लाने वाले थे। मुझे इस सुस्ती से बाहर आना था ताकि मैं साफ़ दिमाग़ से सोच सकूँ। इसी बीच, नर्स आई और उसने मेरी दवाएं दीं। मैंने गोलियां मुँह में डाल लीं और नर्स की नज़रों के सामने आधा गिलास पानी पी लिया। लेकिन असल में मैंने सिर्फ़ पानी पिया था, गोलियां नहीं। जैसे ही मैंने दवाएं मुँह में डालीं, मैंने उन्हें अपनी जीभ के नीचे छिपा लिया। वे मेरी जीभ के नीचे, मुँह के अंदर ही रहीं। नर्स के जाते ही, मैंने गोलियां मुँह से हाथ में निकालकर बाहर फेंक दीं। मैंने मसल रिलैक्सेंट को अलग कर दिया और बाकी दवाएं निगल लीं। अगली बार जब मुझे दवाएं दी गईं, तब भी मैंने यही तरीका अपनाया। धीरे-धीरे, मैं उस सुस्ती और उनींदेपन से बाहर आ गई। अब मैं पूरी तरह सतर्क और जागरूक थी। मेरा दिमाग़ साफ़ हो गया था, और मैं सोचने के लिए तैयार थी।

बोकसून किम

मैंने अस्पताल के बिस्तर पर बैठकर पास की टेबल को खींचा और अपनी बाइबिल निकाली। मैंने उत्पत्ति 12:1-3 का पाठ पढ़ा।

प्रभु ने इब्राहिम से कहा, "अपना देश, अपनी जाति और अपने पिता का घर छोड़कर उस देश में जाओ, जिसे मैं तुम्हें दिखाऊँगा।"

"मैं तुम्हें आशीर्वाद दूँगा और मैं तुझसे एक महान राष्ट्र बनाऊँगा;

मैं तुम्हारे नाम को प्रसिद्ध करूँगा और लोग तुम्हारे नाम का
प्रयोग दूसरों के कल्याण के लिए करेंगे।

मैं उन लोगों को आशीर्वाद दूँगा, जो तुम्हारा भला करेंगे, किन्तु
उनको दण्ड दूँगा जो तुम्हारा बुरा करेंगे; पृथ्वी के सारे मनुष्यों
को आशीर्वाद देने के लिए मैं तुम्हारा उपयोग करूँगा।"

उत्पत्ति 12:1-3

जब मैं कोरिया में थी, मैंने परमेश्वर से प्रार्थना की थी कि वो मुझे वहीं भेजें जहाँ वो मुझे देखना चाहते हैं। मैंने ख़ुद से वादा किया था कि मैं उनकी इच्छा के अनुसार अपनी ज़िंदगी जीऊँगी। मेरा लक्ष्य था कि मैं दूसरों के लिए एक आशीर्वाद बनूँ, और जो भी मुझसे मिले, वह आशीर्वाद पाए। यही वह जीवन था जिसके लिए परमेश्वर ने मुझे बुलाया, और यही वह रास्ता था जिसे मैंने चुना।

लेकिन अब सवाल यह था: क्या मैं इस डॉक्टर से शादी करने के बाद भी दूसरों के लिए आशीर्वाद बनकर जी सकती हूँ? या फिर यह शादी मेरी बुलाहट को ख़त्म कर देगी? यह फ़ैसला आसान नहीं था। मेरी स्थिति नाज़ुक थी, और डॉक्टर से शादी करके मुझे एक सुरक्षित और स्थिर जीवन की उम्मीद थी। लेकिन साथ ही, मैं उत्पत्ति 12:1-3 के जीवन को भी नहीं छोड़ना चाहती थी। इन सवालों का जवाब खोजते हुए, मेरे मन में कहीं

न कहीं पहले से एक जवाब था: डॉक्टर से शादी करना और साथ ही परमेश्वर की बुलाहट का पालन करते हुए दूसरों के लिए आशीर्वाद बने रहना। शायद, मैं अपने इस फ़ैसले को सही ठहराने की कोशिश कर रही थी।

लेकिन परमेश्वर का जवाब इससे अलग था। जब मैं अस्पताल के बिस्तर पर लेटी हुई इन विचारों में उलझी हुई थी, तभी मैंने अचानक दूर से हल्की-हल्की आवाज़ें सुनीं। वे आवाज़ें धीरे-धीरे क़रीब आती गईं और तेज़ होने लगीं। थोड़ी देर में मैंने पहचाना कि वे प्रार्थनाओं की आवाज़ें थीं। ये प्रार्थनाएं कोरिया के चर्च में मेरे युवा भाई-बहनों की थीं। हम हर उपासना सेवा या सभा के बाद यीशु की आज्ञा के अनुसार (प्रेरितों के काम 1:8) सुसमाचार के प्रचार के लिए प्रार्थना करते थे। हमारी प्रार्थनाएं हमेशा जोश और आवाज़ के साथ होती थीं। जब एक कमरे में कई समूह एक साथ प्रार्थना करते थे, तो पूरा कमरा प्रार्थनाओं की गूंज से भर जाता था। मेरे बिस्तर पर लेटे हुए, मैंने उन्हीं प्रार्थनाओं की आवाज़ें सुनीं। वे आवाज़ें कुछ ही पलों में धीरे-धीरे फीकी पड़ गईं और फिर पूरी तरह ग़ायब हो गईं। यह सब बस चार-पाँच सेकंड का अनुभव था। उस पल ने मुझे याद दिलाया कि मेरे भाई-बहन दुनिया के मिशन के लिए प्रार्थना कर रहे थे। यह अनुभव मेरे लिए परमेश्वर का संदेश था—उन्होंने मुझे याद दिलाया कि मेरी असली बुलाहट क्या है और मुझे उस पर डटे रहना है।

यह एहसास मेरे दिल में गहराई तक उतर गया। मैं उन्हें धोखा नहीं दे सकती। उनकी प्रार्थनाओं को अपने फ़ायदे के लिए नज़रअंदाज़ करना मेरे लिए संभव नहीं था। चाहे मुझे अपनी नौकरी खोनी पड़े या अपना पैर, मैं उनकी प्रार्थनाओं के प्रति वफ़ादार रहूँगी। मैंने फ़ैसला किया कि मैं वही करती रहूँगी जो अब तक करती आई हूँ और बाकी सबकुछ परमेश्वर के हाथों में छोड़ दूँगी—नौकरी, बीमार पैर, जीवन की सुरक्षा, मासिक

बिल, और मेरा भविष्य। इन परेशानियों की चिंता प्रभु करेंगे। मेरा काम सिर्फ़ उनके वचन का प्रचार करना है।

मुझे अपना जवाब तर्क-वितर्क से नहीं मिला, न ही उत्पत्ति 12:1-3 के शब्दों से। वह जवाब मुझे उन प्रार्थनाओं की आवाज़ों से मिला जो मैंने सुनीं। उन प्रार्थनाओं ने मुझे प्रलोभन से बाहर निकाला। जो भाई-बहन प्रार्थना कर रहे थे, उन्हें शायद कभी यह पता न चले कि उनकी प्रार्थनाओं ने एक डगमगाते हुए मिशनरी को वापस उसकी राह पर लाने में कितनी मदद की।

"और हमें प्रलोभन में न ले जा," **मत्ती 6:13**

प्रभु ने मुझे मेरे भाई-बहनों की प्रार्थनाओं की आवाज़ें सुनने का मौक़ा दिया और मुझे प्रलोभन में पड़ने से बचा लिया।

अस्पताल में 10 दिन बिताने के बाद, मुझे दोपहर के क़रीब छुट्टी मिल गई। लेकिन मैं अपने अटारी वाले कमरे में नहीं गई। अस्पताल से निकलते ही, मैंने सीधे क्लीवलैंड के लिए ड्राइव किया, जहाँ मुझे बाइबिल अध्ययन में शामिल होना था। मेरा दाहिना पैर अब भी दर्द कर रहा था, इसलिए मैंने उसे यात्री सीट पर रखा और गाड़ी चलाने के लिए बाएँ पैर का इस्तेमाल किया। शुरुआत में यह थोड़ा मुश्किल लगा, लेकिन कुछ ही देर में मैं सहज हो गई।

जब मैं छोटी थी—कितनी छोटी, यह मुझे ठीक से याद नहीं—मैं सोचती थी कि लोग अपने हाथों का उपयोग कैसे करते हैं। दाएँ हाथ वाले लोग हमेशा दाएँ हाथ का ही उपयोग क्यों करते हैं? और बाएँ हाथ वाले लोग मुख्य रूप से बाएँ हाथ का ही इस्तेमाल क्यों करते हैं? मुझे लगा, यह उनकी सोच का नतीजा है। लेकिन मेरा विचार अलग था। "दोनों हाथों का इस्तेमाल क्यों न करें?" मैंने ख़ुद से कहा। मैं दाएँ हाथ से काम करती थी, लेकिन मैंने फ़ैसला किया कि मैं अपने बाएँ हाथ को भी

प्रशिक्षित करूँगी ताकि मैं दोनों हाथों का समान रूप से इस्तेमाल कर सकूँ। मैंने अपने बाएँ हाथ का अभ्यास शुरू किया। जब मेरे माता-पिता ने मुझे बाएँ हाथ से खाते हुए देखा, तो वे थोड़ा चिंतित हुए। लेकिन वे मुझे रोक नहीं सके क्योंकि मैं ज़िद्दी थी। धीरे-धीरे, मैंने बाएँ हाथ से लिखने को छोड़कर बाकी सब कुछ करना सीख लिया। जब मुझे लगा कि मैं काफ़ी कुछ सीख चुकी हूँ, तो मैंने अपना अभ्यास रोक दिया। अब जब मैं इस पर सोचती हूँ, तो मुझे लगता है कि शायद इस अभ्यास ने ही मुझे उस वक्त बाएँ पैर से गाड़ी चलाने में मदद की।

10 दिन से ज़्यादा क्लास और टेस्ट मिस करने के बाद, मैंने जर्मन की पढ़ाई हमेशा के लिए छोड़ दी। अगर मैं उस दिन शिकागो में दो-तीन घंटे सो लेती और सुबह 3-4 बजे वहाँ से निकलती, तो शायद मैं सुबह 10 बजे का जर्मन टेस्ट दे पाती। और आज शायद मैं धाराप्रवाह जर्मन बोल रही होती। यह समझदारी मुझे बाद में, उम्र बढ़ने और हालात कठिन होने के बाद आई।

मैं अपने कमज़ोर दाहिने पैर के साथ अपनी नियमित नौकरी पर लौट गई। काम के दौरान कई बार मेरे दाहिने पैर में तेज़ दर्द उठता, लेकिन धीरे-धीरे यह बेहतर होने लगा। ठीक होने में काफ़ी समय लगा। मुझे लंबे समय तक ब्लड थिनर दवाएं लेनी पड़ीं। हर दिन, मैं एक विशेष रूप से बनाई गई इलास्टिक पैंटीहोज पहनती थी। डॉक्टर की पर्ची के साथ, मैं उस दुकान पर गई जहाँ ऐसी पैंटीहोज बनाई जाती थीं। एक कर्मचारी ने मेरे पैर के अँगूठे से लेकर दोनों पैरों और कमर तक नाप लिया। इसे पहनने में समय और ताक़त लगती थी क्योंकि यह बहुत टाइट होती थी। काम से लौटने के बाद, मैं गर्म पानी से भरे टब में अपने पैरों को डुबोती और आराम करती। उस अनुभव ने मुझे सिखाया कि अपने पैरों पर ज़रूरत से ज़्यादा ज़ोर डालकर अपने लक्ष्य को पाने की कोशिश करना बेकार है। मैंने अपनी टांगों के साथ कोई लापरवाही नहीं की और अंत में मेरा दाहिना पैर पूरी तरह ठीक हो गया। बाद में, जब मैं काम पर

थी, तो मैंने उस कोरियन डॉक्टर को देखा, जो मुझे अपने दोस्त से मिलाने वाले थे। हम दोनों ने इस बारे में कुछ नहीं कहा। वह चुप रहे, और मैं भी।

अध्याय 3:
हाफ बेसमेंट

अटारी वाले कमरे की छह महीने की लीज़ ख़त्म होने वाली थी, और अब मेरे लिए वहाँ से निकलने का समय आ गया था। जब भी समय मिलता, मैं टोलेडो विश्वविद्यालय के आसपास पैदल घूमती और एक अपार्टमेंट खोजने की कोशिश करती। लेकिन मेरे पास सिक्योरिटी डिपॉज़िट और पहले महीने के किराए के लिए पर्याप्त पैसे नहीं थे। फिर भी, मैं अपने लक्ष्य की दिशा में बढ़ रही थी।

मेरे प्रचार का लक्ष्य कॉलेज के छात्र थे। इसलिए, मैं टोलेडो विश्वविद्यालय के पास ही रहना चाहती थी। कोरियन कहावत है, "अगर आप बाघ का शिकार करना चाहते हैं, तो बाघ की गुफा में जाएं।" इसी सोच के साथ मैं विश्वविद्यालय के पास एक ऐसा अपार्टमेंट खोज रही थी, जहाँ अधिकतर किरायेदार छात्र ही हों। मैं छात्रों के बीच रहकर उन्हें परमेश्वर के वचन सिखाना चाहती थी।

ऐसी ही एक जगह की तलाश में मैं एक अपार्टमेंट पहुँची। मैंने मुख्य प्रवेश द्वार खोला और अंदर गई। बाईं दीवार पर एक नोटिस बोर्ड था, जिसमें किरायेदारों के सामान बेचने और ख़रीदने के कई विज्ञापन लगे हुए थे।

इन्हीं विज्ञापनों में से एक ने मेरा ध्यान खींचा। यह एक सबलीज़ का विज्ञापन था। अपार्टमेंट खाली था और लीज़ के 3-4 महीने बचे हुए थे।

यह मेरे लिए बिल्कुल सही था! कम पैसों में मैं इसमें शिफ्ट हो सकती थी। सबलीज़ के लिए सिक्योरिटी डिपॉज़िट की ज़रूरत नहीं थी। मुझे सिर्फ़ बचे हुए महीनों का किराया चुकाना था। सिक्योरिटी डिपॉज़िट का हिसाब लीज़ ख़त्म होने के बाद किया जाता।

मैंने मूल किरायेदार से संपर्क किया और केवल दो हफ़्तों का किराया देकर उस अपार्टमेंट में शिफ्ट हो गई। परमेश्वर की बुद्धिमत्ता सचमुच असीमित है। मैं कभी सोच भी नहीं सकती थी कि सिर्फ़ दो हफ़्तों के किराये में मुझे रहने के लिए जगह मिल जाएगी। और वह जगह थी—हाफ बेसमेंट।

आख़िरकार, मेरे पास अपना ख़ुद का ठिकाना था। यह हाफ बेसमेंट स्टूडियो अपार्टमेंट था—एक खुली जगह, जिसमें एक तरफ़ किचन और बाथरूम थे। खिड़कियों के ठीक नीचे ज़मीन का स्तर था, और बाहर यार्ड में चलते लोगों के पैरों को देखना आम बात थी।

शुरुआत में मेरे पास कोई फ़र्नीचर नहीं था। बस, दो कंबल, कुछ बर्तन, और कप थे। लेकिन जल्दी ही, मैंने उसी नोटिस बोर्ड पर एक विज्ञापन देखा, जिसमें एक डेस्क और दो कुर्सियाँ बिक रही थीं। मैंने उन्हें ख़रीद लिया। वे छात्र, जिन्होंने यह सामान बेचा था, मेरी मदद करते हुए टेबल और कुर्सियाँ मेरे अपार्टमेंट तक लेकर आए।

जब किसी के पास अपनी जगह होती है, तो वह उसे अपनी ज़रूरत और पसंद के हिसाब से ढालना शुरू कर देता है। मैंने भी यही किया। मैंने अपने हाफ बेसमेंट को बाइबिल अध्ययन के लिए एक जगह के रूप में तैयार किया। मेरे पास एक डेस्क और दो कुर्सियाँ थीं—मेरे लिए यह पर्याप्त था।

रात में, मैं फ़र्श पर कालीन के ऊपर एक कंबल बिछा लेती और दूसरे कंबल से ख़ुद को ढक लेती। सुबह होते ही, मैं दोनों कंबल समेटकर रख

देती। जब कोई मेरे हाफ बेसमेंट में आता, तो उसे वहाँ न कोई सोफ़ा मिलता, न टीवी, न कॉफ़ी, और न कुकीज़। वहाँ सिर्फ़ एक डेस्क, दो कुर्सियाँ, और बाइबिल होती। यह जगह पूरी तरह बाइबिल अध्ययन के लिए ही बनाई गई थी।

जो भी बाइबिल पढ़ने में रुचि रखते, वे आते। अध्ययन के बाद, उन्हें जाना पड़ता क्योंकि वहाँ बाइबिल के अलावा और कुछ नहीं था।

हाफ बेसमेंट को अक्सर ग़रीबी का प्रतीक माना जाता है। अमीर लोग हाफ बेसमेंट में नहीं रहते। ग़रीब लोग रहते हैं। यह जगह हमेशा ज़मीन से आने वाली नमी से भरी रहती है। खिड़की से बाहर देखने पर कोई सुंदर नज़ारा नहीं दिखता, सिर्फ़ यार्ड में चलते लोगों के पैर नज़र आते हैं। खिड़कियाँ खोलने पर, बाहर के लोग अंदर आसानी से झाँक सकते हैं। और सबसे बुरा यह कि आग या बाढ़ के समय वहाँ फँसने का बड़ा ख़तरा रहता है।

लेकिन इन सब चीज़ों ने मुझे कभी परेशान नहीं किया। मेरे लिए, यह ठिकाना मेरे उद्देश्य को पूरा करने का साधन था। यह एक ऐसी जगह थी, जहाँ मैं अपने जीवन को परमेश्वर की सेवा और उनके वचन साझा करने के लिए समर्पित कर सकती थी।

मैं अपने हाफ बेसमेंट अपार्टमेंट में बाइबिल पढ़ाने की अपनी जगह मिलने पर बहुत आभारी थी। यह जगह प्रभु ने ख़ुद मेरे लिए चुनी थी।

जब मैं सियोल, कोरिया में छात्रावास के कमरे में रहती थी, वहाँ कमरे में बस एक डेस्क और एक बंकर बेड था। सफ़ेद दीवारों पर न कोई तस्वीर थी, न घड़ी, न पौधा। खिड़की पर पर्दा भी नहीं था। वहाँ कुछ भी ऐसा नहीं था, जो आँखों या मन को ख़ुशी दे सके।

इसके बावजूद, प्रभु ने उस कमरे में तीन बार मेरी प्रार्थनाओं का उत्तर दिया। पहली बार, उन्होंने मेरे सवाल का जवाब दिया कि बाइबिल का असली लेखक कौन है। दूसरी बार, जब मैंने अपने पापों को स्वीकार किया, तो उन्होंने मुझे पवित्र आत्मा से बपतिस्मा दिया। और तीसरी बार, जब मैंने प्रचार के प्रति अपनी शंकाएँ जताईं, तो उन्होंने मेरे विरोध का उत्तर दिया। उस कमरे में कोई सजावट या आराम नहीं था, लेकिन दो चीज़ें थीं: बाइबिल और परमेश्वर के वचन को समझने और उसके अनुसार जीवन जीने की मेरी गहरी इच्छा।

यहीं से मैंने सीखा कि परमेश्वर को दिखावे या भव्यता की आवश्यकता नहीं होती। मैंने यही सीख अपने हाफ बेसमेंट अपार्टमेंट में लागू की। मुझे केवल दो चीज़ों की ज़रुरत थी: बाइबिल और सच्चा दिल, जो परमेश्वर की सच्चाई को खोजने के लिए तैयार हों।

एक बार, एक कोरियन पादरी ने मुझसे कहा, "आजकल चर्च की इमारतें सुंदर होनी चाहिए। लोग चर्च में सुंदर इमारतों की वजह से आते हैं।" उनकी बात में तर्क था। नई चर्च बिल्डिंग बनने के बाद अक्सर उपासकों की संख्या बढ़ जाती है। लेकिन क्या परमेश्वर भी सिर्फ़ एक खूबसूरत इमारत के कारण वहाँ आते हैं?

मेरे प्रचार का लक्ष्य कॉलेज के छात्र थे, लेकिन मेरे बाइबिल के छात्रों में ज़्यादातर कोरियन ही थे। वे मेरे हाफ बेसमेंट में आते और मेरे साथ बाइबिल का अध्ययन करते।

एक दिन मेरी छुट्टी थी, और उस दिन सुबह से लेकर रात तक मैंने चार बाइबिल अध्ययन सत्र आयोजित किए। हर सत्र के लिए, मैं विशेष रूप से उस व्यक्ति के लिए बाइबिल के उपयुक्त अंश चुनती। पहले सत्र की तैयारी में मुझे लगभग दो घंटे लगे, और इसे पढ़ाने में एक घंटा। पहले छात्र के जाने के बाद, मैंने दूसरे सत्र की तैयारी शुरू की। हर बार, मैं उस

व्यक्ति के लिए सबसे सही अंश खोजती और फिर पढ़ाने की योजना बनाती।

जब चौथा सत्र ख़त्म हुआ, तब रात के लगभग 10:30 बज चुके थे। यह दिन बेहद थका देने वाला था। मैंने फर्श पर एक कंबल बिछाया, ख़ुद को दूसरे कंबल से ढका और सोने की कोशिश की। तभी मेरे पेट में तेज़ दर्द शुरू हो गया, और मैं सो नहीं सकी। मुझे लगा कि शायद मुझे कोई पेट की बीमारी, जैसे अल्सर, हो गई है। फिर अचानक मुझे एहसास हुआ कि मैंने पूरे दिन कुछ खाया ही नहीं था—न नाश्ता, न दोपहर का खाना, न रात का खाना। मैं इतना व्यस्त थी कि खाना ही भूल गई। यह कैसे हो सकता है, मैंने सोचा। फिर भी ऐसा हुआ।

मैं उठी और थोड़ा पानी पिया ताकि पेट शांत हो सके। लेकिन खाने की ताकत नहीं थी। मैं इतनी थकी हुई थी कि कुछ भी खा पाना संभव नहीं था।

कुछ समय बाद, मैंने अपने कोरियन बाइबिल छात्रों को एक समूह में इकट्ठा किया और शनिवार को सामूहिक बाइबिल अध्ययन शुरू किया। जब उन्होंने परमेश्वर के वचन को अपनाना शुरू किया, तो उन्होंने मुझसे कहा कि वे रविवार को परमेश्वर की उपासना के लिए चर्च जाना चाहते हैं। उनका कहना था कि शनिवार का अध्ययन उनके लिए पर्याप्त नहीं था।

उनकी यह इच्छा मुझे समझ में आई, लेकिन इसका मतलब था कि वे अलग-अलग चर्चों में रविवार की उपासना के लिए जाने लगेंगे। अगर वे अलग-अलग जगहों पर चले जाते, तो उन्हें दोबारा एकत्र करना मुश्किल हो जाता।

मेरे मन में उनके लिए एक अलग योजना थी। मैं उनके साथ मिलकर परमेश्वर के लिए एक नया चर्च बनाना चाहती थी। इसलिए, मैंने घोषणा

की कि अगले रविवार से मेरे हाफ बेसमेंट अपार्टमेंट में रविवार की उपासना सेवा शुरू होगी।

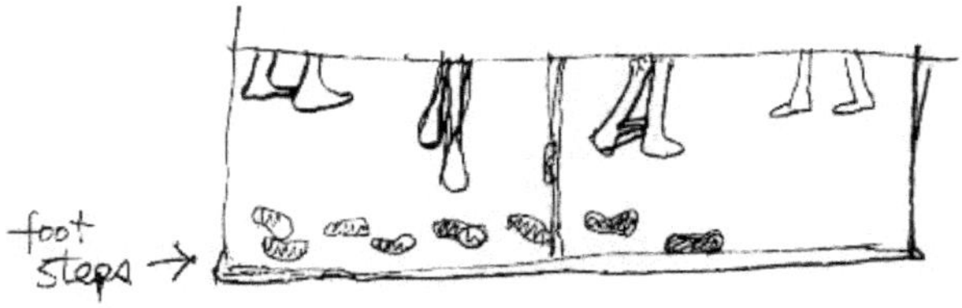
foot steps →

The BiBle

अध्याय 4:
हाफ बेसमेंट में परमेश्वर का आगमन

मैंने रविवार की उपासना सेवा की तैयारी शुरू कर दी। मैंने फोल्डिंग कुर्सियाँ ख़रीदीं। एक ईसाई किताबों की दुकान पर गई और छोटे आकार की बाइबिल का एक डिब्बा ख़रीदा। वहाँ भजन पुस्तकों की बहुत सारी क़िस्में थीं, और मुझे समझ नहीं आ रहा था कि कौन सी ख़रीदूं। काफ़ी सोचने के बाद मैंने एक चुनी और दर्जन भर ख़रीद लीं। मैंने एक लेक्ट्रन (मंच) भी बनाया। इसके लिए मैं एक हार्डवेयर स्टोर गई और ज़रुरी लकड़ियां, एक हथौड़ा और कीलें ख़रीदीं। हार्डवेयर स्टोर पर लकड़ियों को सही आकार में कटवाया और फिर अपने हाफ बेसमेंट में लकड़ियों को जोड़कर लेक्ट्रन तैयार किया। यह चर्चों में इस्तेमाल होने वाले लेक्ट्रन जैसा भव्य तो नहीं था, लेकिन मेरे हाफ बेसमेंट के लिए और बाइबिल व उपदेश के नोट्स रखने के लिए पर्याप्त था। यह सब मैंने अपने पैसे से ख़रीदा।

अगले रविवार मेरे सभी कोरियाई बाइबिल छात्र आए और हमने अपनी पहली रविवार की उपासना सेवा शुरू की। हमने उपासना सेवा के सामान्य क्रम का पालन किया: भजन गाना, प्रार्थना करना और फिर संदेश देना। इसके बाद फिर भजन और प्रार्थना हुई। हर रविवार मैंने ही संदेश दिया। हमारे पास पियानो या ऑर्गन जैसे कोई वाद्ययंत्र नहीं थे। हम बिना वाद्ययंत्र के गाते थे, और मुझे ऊँचे स्वर में गाना पड़ता था ताकि बाकी लोग गाना सीख सकें और साथ गा सकें। जब मैं पहली पंक्ति गाती, तो वे ध्यान से सुनते। दूसरी पंक्ति पर वे हल्के-हल्के गुनगुनाते, और

तीसरी पंक्ति तक वे मेरे साथ गाने लगते। मुझे ख़ुद भी ज़्यादा गाने नहीं आते थे, इसलिए हम बार-बार वही कुछ गाने गाते रहते।

रविवार का संदेश देने के बाद मैं सोमवार को आराम करती थी। मंगलवार को मैं अगले रविवार के संदेश के लिए पूरे बाइबिल से अंश चुनती, चाहे वह उत्पत्ति से हो या प्रकाशितवाक्य से। लेकिन कई बार मुझे बुधवार तक और कभी-कभी गुरुवार तक भी अंश चुनने में देरी हो जाती थी। इससे रविवार के संदेश की तैयारी के लिए पर्याप्त समय नहीं मिल पाता था। ऐसी स्थिति में मैं असहज, आत्मविश्वासहीन और निराश महसूस करती थी। यह समस्या बार-बार होने लगी।

एक रात, मैंने देर से अपनी अंतिम बाइबिल अध्ययन कक्षा पूरी की। कमरे की बत्ती बंद करके मैंने कमरे के बीचों-बीच एक कंबल बिछाया और ख़ुद को दूसरे कंबल से ढंक लिया। मैं अपने दाहिनी ओर लेटी थी, चेहरा अपार्टमेंट की सफ़ेद दीवार की तरफ। पूरा कमरा अंधेरे में डूबा हुआ था। सोने से ठीक पहले मुझे अपनी आँखों में थोड़ी रोशनी सी महसूस हुई। मैंने यह जानने के लिए हल्के से आँखें खोलीं कि अंधेरे कमरे में मुझे रोशनी क्यों महसूस हो रही है। जो मैंने देखा, उससे मेरी आँखें धीरे-धीरे और चौड़ी होती गईं।

मैंने कमरे की सफेद दीवार पर हमारी चर्च की मंडली के लगभग दर्जन भर लोगों को देखा। पूरा कमरा और दीवार अंधेरे में थी, लेकिन जहाँ हम दिखाई दे रहे थे, वह हिस्सा रोशन था। मैंने हर व्यक्ति को देखा और पहचान लिया कि वे कौन थे। यह किसी समूह फ़ोटो जैसा था, लेकिन असली और जीवंत। केवल सिर और ऊपर का हिस्सा दिखाई दे रहा था; कमर से नीचे का हिस्सा अंधेरे में छिपा हुआ था। और तभी मैंने देखा कि हम सबके दिल और दिमाग क्या सोच रहे थे। हमारे दिल अपने लिए लालची थे और परमेश्वर के लिए कंजूस। मुझे याद नहीं कि यह दृश्य दीवार से कैसे फीका पड़ गया या गायब हो गया।

हमारे चर्च के सदस्य गरीब थे। मैं उनसे कभी यह नहीं कह सकती थी कि वे अपना पैसा परमेश्वर को अर्पित करें। मुझे अपना पैसा उन्हें देना आसान लगता था। मेरी यह भावना बहुत दयालु और सहानुभूतिपूर्ण लगती थी। लेकिन परमेश्वर के प्रति कंजूसी का पाप हम सभी में बढ़ता जा रहा था। बाइबिल में बताया गया है कि अमीर और गरीब, दोनों ने परमेश्वर को अर्पण किया। अमीर लोग परमेश्वर को भेड़ या मेमना अर्पित करते थे, जबकि गरीब लोग कबूतर अर्पित करते थे। लेकिन मैंने उन्हें अपने कबूतर अर्पित करना नहीं सिखाया। मैंने उन्हें यह सिखाया कि वे गरीब हैं, इसलिए अपने कबूतर अपने पास रखें। मैंने उन्हें सिखाया कि वे अपना पैसा अपने पास रखें, और मैं अपनी तरफ से उनकी मदद करूंगी। परिणामस्वरूप, हमारे चर्च में परमेश्वर के प्रति कंजूसी का पाप बढ़ता गया। यदि यह समस्या सही नहीं की जाती, तो मैं उन्हें ईसाई भिखारी बनने की ओर ले जा रही थी।

मैं इस समस्या को पहचान नहीं पा रही थी, लेकिन परमेश्वर ने आकर मुझे यह दिखाया। मुझे अपने रवैये और मानवीय सोच को पीछे छोड़ना पड़ा। मुझे गरीबों को यह सिखाना था कि वे अपनी क्षमता के अनुसार परमेश्वर को अर्पण करें। परमेश्वर को पैसा अर्पित करना, असल में अपना दिल परमेश्वर को अर्पित करना है। मैंने पहली बार परमेश्वर को अर्पण करने के विषय में एक रविवार का संदेश तैयार किया। एक प्रचारक एक संदेशवाहक होता है। उसे अपना निजी दृष्टिकोण नहीं जोड़ना चाहिए, बल्कि बाइबिल में जैसा लिखा है, वैसा ही संदेश देना चाहिए। मुझे गरीबों को यह संदेश देना था कि वे अपने कबूतर परमेश्वर को अर्पित करें।

मुझे यह उम्मीद नहीं थी कि यह दृष्टि फिर से जारी रहेगी। लेकिन मैं तब चकित रह गई, जब अगले हफ़्ते वही दृष्टि फिर से दीवार पर उसी जगह प्रकट हुई। सब कुछ अंधेरे में था, लेकिन दृष्टि वाला हिस्सा रोशन था। इस बार मैंने महसूस किया कि हमारी प्रार्थनाएं कमज़ोर थीं। हमारे चर्च में परमेश्वर के प्रति प्रार्थनाओं की कमी थी।

हम सभी एक-दूसरे के बहुत क़रीब थे और एक-दूसरे से प्रेम करते थे। हमारे छोटे से चर्च में प्रेम था। लेकिन परमेश्वर की दृष्टि में, हमारी प्रार्थनाएं कमज़ोर थीं। कोई भी समूह या समाज अपने सदस्यों के बीच प्रेम और एकता बनाए रख सकता है। लेकिन बिना प्रार्थना के चर्च अन्य समूहों से अलग नहीं है। चर्च परमेश्वर से प्रार्थनाओं के माध्यम से जुड़ता है। हमारे चर्च में आपसी संबंध तो अच्छे थे, लेकिन परमेश्वर के साथ हमारा ऊर्ध्व संबंध कमज़ोर था। प्रार्थना प्रभु में हमारे विश्वास को व्यावहारिक बनाती है। हमारे हाफ बेसमेंट चर्च में प्रार्थनाओं की कमी थी। इसलिए मैंने प्रार्थनाओं के विषय में एक संदेश तैयार किया।

रविवार को प्रार्थनाओं पर संदेश देने के बाद मैंने सोचा कि क्या हमारे बीच प्रार्थनाओं में कोई सुधार हुआ है। लेकिन जवाब था - नहीं। मैंने ख़ुद को दोषी ठहराया कि शायद मेरा संदेश प्रभावी नहीं था या मैं प्रार्थनाओं के महत्व को सही तरह से समझाने में विफल रही। इसलिए मैंने एक और बार प्रार्थनाओं पर संदेश तैयार किया और दिया। लेकिन इस बार भी सबका प्रार्थना जीवन वैसा ही रहा, कोई बदलाव नहीं हुआ।

इस बार मैंने ख़ुद को दोष देने के बजाय एक महत्वपूर्ण बात सीखी। लोगों का प्रार्थना जीवन केवल संदेशों से नहीं बदलेगा, चाहे मैं कितनी भी बार प्रार्थनाओं के बारे में उपदेश दूं। असली बदलाव के लिए कार्रवाई की ज़रुरत है। अगर मैं किसी सैनिक को लड़ाई के बारे में सिर्फ़ समझाऊं, तो वह कभी युद्ध करना नहीं सीखेगा। लेकिन जब वह असली लड़ाई में उतरेगा, तभी वह सही मायनों में लड़ना सीखेगा। एक कार्रवाई सौ उपदेशों से ज़्यादा असरदार होती है। बस इसे करना होता है। बस प्रार्थना करनी होती है।

इसलिए, मैंने प्रार्थना सभाएं शुरू कीं, जहाँ हम सभी एक साथ बैठकर अपने प्रार्थना विषयों के लिए प्रार्थना करते। जब भी चर्च के किसी सदस्य को कोई असंभव या बहुत कठिन स्थिति का सामना करना पड़ता, तो हम

सब मिलकर परमेश्वर से उस स्थिति को सुलझाने के लिए प्रार्थना करते। जब कोई व्यक्ति प्रार्थना के संघर्षों से गुज़रता है और परमेश्वर का उत्तर प्राप्त करता है, तो वह प्रार्थना का योद्धा बन जाता है। वह समझ जाता है कि प्रार्थनाओं के ज़रिए कैसे लड़ाई लड़नी है और कैसे जीत हासिल करनी है।

इस तरह, मुझे रविवार के संदेश देने में आत्मविश्वास मिलने लगा, और इन्हें तैयार करना मेरे लिए एक बड़ी ख़ुशी बन गया। लेकिन दूसरी दृष्टि के बाद, वह अनुभव समाप्त हो गया। रात में अब और कोई दृष्टि नहीं आई। मैंने कमरे को अंधेरा रखा, अपनी आँखें बंद कीं, और धैर्यपूर्वक प्रतीक्षा की, लेकिन कोई फ़ायदा नहीं हुआ। ऐसा लगने लगा कि परमेश्वर अब हमारी चर्च की दृष्टि और नहीं दिखाना चाहते। धीरे-धीरे मुझे एहसास हुआ कि परमेश्वर चाहते थे कि मैं आत्मिक परख में ख़ुद को विकसित करूं। वे चाहते थे कि मैं यह समझने में सक्षम हो जाऊं कि चर्च की कमज़ोरियाँ क्या हैं और उन्हें रविवार के संदेशों के ज़रिए दूर करूं। उनके इस निर्णय ने मुझे दुखी कर दिया, लेकिन मैंने स्वीकार किया कि प्रभु की इच्छा थी कि मैं आत्मिक अंतर्दृष्टि में बढ़ूं और चर्च की आत्मिक स्थिति को समझने और सुधारने में सक्षम बनूं।

अब सवाल यह था कि आत्मिक परख में कैसे प्रगति करूं? क्या इसका उत्तर प्रार्थना में था? मैंने चर्च के हर सदस्य के लिए व्यक्तिगत रूप से प्रार्थना करना शुरू किया। मुझे समझ आया कि दोनों दृष्टियाँ हमारे परमेश्वर के साथ संबंध और उनके प्रति हमारे दृष्टिकोण को दर्शा रही थीं। लेकिन मैं कब वह स्तर हासिल करूंगी, जब मैं एक ही नज़र में चर्च की आत्मिक स्थिति को पहचान सकूँ?

इन अनुभवों से मैंने यह गहराई से समझा कि चर्च क्या है। चर्च एक जहाज़ की तरह है, जो अपनी यात्रा पर है। जहाज़ पर अलग-अलग तरह के लोग सवार होते हैं। उनकी व्यक्तिगत विशेषताएं भले ही अलग हों,

लेकिन एक बात सभी में समान होती है – उनका गंतव्य। उनकी यात्रा का मार्ग एक ही है। रविवार का संदेश उस जहाज़ का नेविगेटर है, जो इसे दिशा देता है। और इस जहाज़ की मंज़िल है स्वर्ग, जो केवल यीशु मसीह के माध्यम से संभव है।

कुछ जहाज़ सही दिशा में चलते हैं, स्वर्ग की ओर बढ़ते हुए, परमेश्वर के साथ अपने संबंधों को मज़बूत करते हैं, और यीशु के स्वरूप में बढ़ते हुए सभी यात्री स्वर्ग के द्वार तक सुरक्षित पहुँचते हैं। कुछ जहाज़ रास्ता भटक जाते हैं, इधर-उधर भटकते रहते हैं, और उन पर सवार सभी लोग भी साथ भटकते रहते हैं। कुछ जहाज़ मलबे में बदल जाते हैं, और उस पर सवार सभी लोग उस विनाश का सामना करते हैं। एक पादरी को जहाज़ का मार्गदर्शन करते हुए सतर्क रहना चाहिए कि जहाज़ किस दिशा में जा रहा है, और रविवार के संदेशों के माध्यम से उसे सही दिशा में ले जाना चाहिए।

इसके बाद, मुझे रविवार के संदेश तैयार करने में एक और समस्या का सामना करना पड़ा। उदाहरण के लिए, मान लीजिए कि मुझे चर्च की ज़रूरतों के रूप में एक नहीं, बल्कि दो समस्याएं एक साथ दिखाई दीं। मान लीजिए कि हमारे चर्च को विश्वास और प्रेम, दोनों की ज़रुरत है। ऐसे में मैं तय नहीं कर पाती थी कि उस रविवार के लिए किस विषय को चुनूं। क्या मुझे विश्वास के बारे में प्रचार करना चाहिए? या प्रेम के बारे में? इस निर्णय को लेकर मैं समय बर्बाद करती थी, क्योंकि मैं ग़लत निर्णय नहीं लेना चाहती थी और सही विषय चुनना चाहती थी।

फिर, मैंने एक सपना देखा। मेरे सपने में चर्च की रसोई में एक कटिंग बोर्ड पर दो तरह का मांस रखा था – एक बीफ़ और एक चिकन। मैं चर्च के सदस्यों के लिए खाना पकाने की तैयारी कर रही थी और मेरे हाथ में एक चाकू था। लेकिन मैं तय नहीं कर पा रही थी कि मैं किस मांस को पकाऊं। मैं सोचती रही – बीफ़ या चिकन? बीफ़ या चिकन? लेकिन मैं

किसी एक को चुनने में असमर्थ थी। जब मैं बीफ़ और चिकन के बीच समय बर्बाद कर रही थी, तब तक चर्च के सदस्य खाना खाने के लिए आ गए। और मैं यह सोचकर चौंक गई कि मैंने अब तक मांस काटा भी नहीं था।

सौभाग्य से, जब मैं जागी तो समझ गई कि यह सिर्फ़ एक सपना था। मैं उस हताशा भरी स्थिति से राहत महसूस कर रही थी। लेकिन इस सपने ने मुझे मेरी समस्या का हल दिखा दिया। मुझे एक प्रकार का मांस चुनना चाहिए और उसे इस सप्ताह पकाना चाहिए। अगले सप्ताह मैं दूसरा मांस पका सकती हूँ। कितना आसान है यह! इस तरह, मैंने अपनी समस्या को हल कर लिया।

इसके बाद, परमेश्वर से रविवार के संदेशों को लेकर मुझे और कोई शिक्षा नहीं मिली। लेकिन मैंने लगातार अपने रविवार के संदेशों को बेहतर बनाने के लिए प्रयास जारी रखा। आम तौर पर, यह प्रक्रिया चार चरणों से गुज़रती है।

1. *चर्च की आवश्यकता के अनुसार उपयुक्त अंश चुनना:* चर्च की ज़रूरतों को समझते हुए सही बाइबिल अंश चुनना मेरा पहला और सबसे ज़रुरी क़दम है। यह मैंने उन दो दृष्टियों के माध्यम से सीखा, जिन्होंने मुझे यह समझने में मदद की कि चर्च को सही दिशा में कैसे ले जाना है।

2. *परमेश्वर के शब्दों को अपने दिल में ग्रहण करना:* मैंने सीखा कि बाइबिल से परमेश्वर के शब्दों को सीधे सुनने की कोशिश करनी चाहिए। यह सबसे उत्तम तरीका है, लेकिन ऐसा हर बार संभव नहीं होता। तब मैंने कैल्विन की टिप्पणियां पढ़नी शुरू कीं। ये भले ही पुरानी अंग्रेज़ी में लिखी गई हैं, लेकिन इनमें मुझे गहरी प्रेरणा मिली। इस चरण में, मैंने महसूस किया कि परमेश्वर को मेरे दिल को खोलना

होता है और उन शब्दों का अर्थ समझाना होता है, जिन पर मैं ध्यान लगाती हूँ। इस प्रक्रिया में मैंने एक तरह से मृत्यु और पुनरुत्थान का अनुभव किया – मृत्यु तब, जब मैं परमेश्वर के शब्दों को समझ नहीं पाती थी, और पुनरुत्थान तब, जब परमेश्वर उनके अर्थ को मेरे दिल में उजागर करते थे। इस तरह, परमेश्वर का संदेश मेरे दिल से श्रोताओं के दिल तक पहुँचता है। यह एक दिल से दूसरे दिल तक की यात्रा है।

3. *संदेश को लिखना:* जब मैं परमेश्वर के शब्दों का अर्थ समझ लेती हूँ और मेरा दिल आत्मा और शक्ति से भर जाता है, तो मेरा अगला क़दम उसे लिखना होता है। इसे बेहतर बनाने के लिए मैं कई बार प्रार्थना करती हूँ, ख़ासकर यह जानने के लिए कि "क्या लिखूं और कैसे लिखूं।" मैं प्रार्थना करती हूँ कि परमेश्वर मुझे इसे सरल, स्पष्ट, और प्रभावशाली तरीके से लिखने की समझ दें, ताकि उनका संदेश श्रोताओं के लिए जटिल न लगे। लिखते समय, मैं श्रोताओं के दृष्टिकोण से परमेश्वर के शब्दों को समझने की कोशिश करती हूँ। जैसे किसी चीज़ को ऊपर से देखने का नज़रिया और नीचे से देखने का नज़रिया अलग होता है, वैसे ही मैं संदेश को उनकी नज़रों से देखने का प्रयास करती हूँ। अगर यह हिस्सा सही ढंग से किया जाए, तो श्रोता सोचते हैं, "यह तो मेरी बात हो रही है। परमेश्वर के शब्द मेरे लिए हैं।" तब वे इन शब्दों को अपनी ज़िंदगी में लागू करने लगते हैं। मैं कोशिश करती हूँ कि श्रोताओं की सोच और अनुभव से 80-90% तक मेल खाऊं, और बाकी 10-20% हिस्सा उनके अपने आत्मनिरीक्षण और समझ के लिए छोड़ दूं। इससे संदेश व्यक्तिगत और प्रेरक बन जाता है।

4. *पवित्र आत्मा की उपस्थिति में संदेश का संप्रेषण:* संदेशवाहक का काम है कि शुरुआत के कुछ ही मिनटों में श्रोताओं का ध्यान आकर्षित करें और उन्हें अगले 30 मिनट तक परमेश्वर के शब्दों की गहराई में ले जाएं। इस पूरी यात्रा का अंत एक स्पष्ट निष्कर्ष, एक मुख्य संदेश या एक बुनियादी शिक्षा पर होना चाहिए। संदेश के अंत में, श्रोताओं के

दिल में केवल एक शब्द या एक विचार रह जाना चाहिए। वही उनके लिए पूरे सप्ताह का आत्मिक आहार बनता है। यह सुनिश्चित करना ज़रुरी है कि संदेश सरल, स्पष्ट और आत्मा से भरपूर हो ताकि यह उनके जीवन में वास्तविक बदलाव ला सके। पवित्र आत्मा की उपस्थिति में दिया गया संदेश श्रोताओं को परमेश्वर के साथ उनके संबंध को गहरा करने के लिए प्रेरित करता है।

संदेशवाहक का मुख्य कार्य है कि वह संदेश की शुरुआत में कुछ ही मिनटों में श्रोताओं का ध्यान अपनी ओर खींचे और फिर उन्हें अगले 30 मिनट तक परमेश्वर के शब्दों की गहराई में ले जाए। इस पूरी प्रक्रिया का समापन एक मुख्य बिंदु या शिक्षा पर होना चाहिए। संदेश के अंत में श्रोताओं के दिल में एक विचार या एक बुनियादी संदेश रह जाना चाहिए। यही उनके लिए पूरे सप्ताह का आत्मिक आहार बनता है।

यह मेरे रविवार के संदेश तैयार करने की प्रक्रिया का अंतिम चरण है।

परमेश्वर हाफ बेसमेंट में क्यों आए? मेरे हाफ बेसमेंट में ऐसा कुछ भी नहीं था जो आकर्षक दिखता हो। यह सबसे ग़रीब हाफ बेसमेंट से भी ग़रीब था। क्या प्रभु इसलिए आए क्योंकि यह सबसे ग़रीब था?

मेरे विचार से, प्रभु इसलिए आए क्योंकि हम वही कर रहे थे जो उन्होंने हमें करने के लिए कहा था—उनके शब्दों का प्रचार करना। अगर मैंने अपना पैसा, समय, और ध्यान जगह को सजाने में लगाया होता, तो क्या प्रभु आते? अगर मैंने अपनी भावनाओं और इच्छाओं को संतुष्ट करने में समय बिताया होता, तो क्या प्रभु आते?

प्रभु इसलिए आए क्योंकि उन्हें हमसे प्रसन्नता थी। उन्होंने देखा कि हम वही कर रहे थे जो उन्होंने हमें सौंपा था: उनके शब्दों का प्रचार। (2 तीमुथियुस 4:2) परमेश्वर लोगों को अपने शब्दों के माध्यम से बचाते हैं

और विश्वासियों को उन शब्दों का प्रचार करना चाहिए ताकि परमेश्वर उनके माध्यम से कार्य कर सकें। इसलिए, हर विश्वासी को परमेश्वर के शब्दों को अपने परिवार, दोस्तों, पड़ोसियों, और यहाँ तक कि अजनबियों तक पहुँचाना चाहिए। लेकिन अक्सर ऐसा होता है कि बाइबिल सिखाना केवल पादरियों का काम माना जाता है। मैंने एक बार ईसाइयों की सभा में भाग लिया। वे अपने पूरे दिल से ईमानदारी और भक्ति के साथ बहुत कुछ कर रहे थे, लेकिन बाइबिल सिखाने का काम नहीं कर रहे थे। मैं मन ही मन सोच रही थी, "आप क्या कर रहे हैं? आप सब कुछ कर रहे हैं, बस वही नहीं जो प्रभु ने करने के लिए कहा है।"

परमेश्वर के हाफ बेसमेंट में आने का क्या मतलब है? जब किसी देश का राष्ट्रपति किसी संघर्षरत क्षेत्र का दौरा करता है, तो क्या वह सिर्फ़ रुकने के लिए आता है? नहीं। वह उस क्षेत्र के विकास के लिए एक योजना लेकर आता है। उसी तरह, परमेश्वर सिर्फ़ रुकने के लिए नहीं आए। वह हमारे हाफ बेसमेंट के लिए अपने आशीर्वाद और योजना का एक पैकेज लेकर आए।

अध्याय 5:
आप दोनों

एक महिला मिशनरी, यंग, कोरिया से आई। उसकी मौजूदगी से मेरा हौसला दोगुना हो गया। जल्दी ही उसे एयरपोर्ट के पास एक नर्सिंग होम में नर्सिंग सहायक की नौकरी मिल गई। कोरिया में वह एक पंजीकृत नर्स (R.N.) थी, लेकिन यहाँ ओहायो राज्य में R.N. का लाइसेंस पाने के लिए उसे नर्स बोर्ड परीक्षा पास करनी थी। तब तक वह अस्थायी कार्य परमिट पर नर्सिंग सहायक के रूप में काम कर रही थी। हमारे किराये को लेकर थोड़ी बहस हुई। मैंने कहा कि मुझे ज़्यादा किराया देना चाहिए क्योंकि मैं R.N. के तौर पर ज़्यादा कमाती हूँ और वह सहायक के तौर पर कम। लेकिन उसने ज़ोर देकर कहा कि हमें किराया बराबर-बराबर बांटना चाहिए, क्योंकि वह भी अपार्टमेंट का आधा हिस्सा इस्तेमाल करती है। इस तर्क में मैं हार गई और हमने किराया बराबर-बराबर बांट लिया। इसके अलावा, हम एक साथ मिलकर प्रभु की सेवा करते रहे।

उसके पास कार नहीं थी, और उसे गाड़ी चलानी भी नहीं आती थी। हम दोनों शाम की शिफ्ट में काम करते थे ताकि एक ही कार से काम पर जा सकें। काम पर जाने के लिए हम घर से जल्दी निकलते। मैं उसे एयरपोर्ट के पास नर्सिंग होम पर उतारती, फिर वापस शहर में अपनी नौकरी के लिए ड्राइव करती, जो डाउंटाउन के पास थी। रात को लगभग 11 बजे काम ख़त्म होने के बाद, मैं फिर एयरपोर्ट के पास नर्सिंग होम जाती, उसे लेने के लिए। आधी रात के बाद जब हम अपने हाफ बेसमेंट वाले घर पहुँचे, तो खाना खाते और फिर प्रार्थना करते। प्रार्थना करते

समय एक व्यक्ति प्रार्थना करता और दूसरा लगभग सोने की स्थिति में होता। जब पहला व्यक्ति प्रार्थना ख़त्म करता, तो दूसरा शुरू करता। इस प्रार्थना के बाद ही हम सोते। हमारी प्रार्थना का मुख्य उद्देश्य यह था कि परमेश्वर हमें कॉलेज के छात्रों की सेवा के लिए मार्गदर्शन दें।

तीन महीने बीत गए। काम पर जाने के लिए मैं रोज़ लगभग 100 मील गाड़ी चला रही थी। लेकिन यंग ने न तो ड्राइविंग सीखने की कोई कोशिश की, न ही अपनी कार ख़रीदने के बारे में सोचा। ऐसा लग रहा था कि उसे काम पर लिफ्ट मिलना उसका अधिकार है। मैंने उससे कभी गैस का पैसा भी नहीं माँगा। मेरी हालत शारीरिक रूप से बहुत ख़राब हो गई। थकान के कारण मेरा चेहरा और आँखें सूज गई थीं। मुझे अभी भी परमेश्वर के शब्दों को सिखाना था और रविवार के संदेशों की तैयारी करनी थी। मैं सोचने लगी कि वह यहाँ मेरी मदद करने आई है या मुझ पर बोझ बनने। मुझे समझ नहीं आ रहा था कि वह कब तक मेरे ऊपर अपनी ड्राइविंग की ज़रुरत के लिए निर्भर रहेगी। आख़िरकार, मैंने उसे अल्टीमेटम दिया: "तुम्हारे पास तीन महीने हैं—ड्राइविंग लाइसेंस लो, अपनी कार ख़रीदो और अलग से अपने काम के लिए जाओ। अगर ऐसा नहीं कर सकती हो, तो यहाँ से चली जाओ।"

मुझे समझ नहीं आ रहा था कि यह बात कैसे कूटनीतिक तरीके से कहूं। इसलिए, मैंने सब कुछ परमेश्वर के हाथों में छोड़ दिया।

अगली सुबह हम एक-दूसरे से नज़रें चुराते रहे। लेकिन बातचीत करना ज़रुरी था। आखिरकार, उसने मुझसे कहा कि वह एक मिशनरी के रूप में अमेरिका आई है और परमेश्वर की सेवा करने के लिए यहाँ रहेगी। उसने यह भी वादा किया कि तीन महीने के अंदर वह ड्राइविंग लाइसेंस लेगी और अपनी कार ख़रीदेगी। ऐसा लग रहा था कि उसने पूरी रात चुपचाप रोया था। उसकी आँखें और पलकें सूज गई थीं, जैसे पाइन कोन। वह एक अमीर परिवार से थी, और मेरे कठोर शब्द उसके लिए बहुत

कठिन रहे होंगे। लेकिन मैंने महसूस किया कि उसने अपने अभिमान को त्याग दिया और एक नई शुरुआत की। अब उसने अपना जीवन परमेश्वर की सेवा के लिए समर्पित कर दिया। मैं परमेश्वर की इस कृपा के लिए बहुत आभारी थी।

उसने तुरंत ड्राइविंग सीखना शुरू कर दिया। और तीन महीने से भी कम समय में वह अपनी ख़ुद की कार चलाने लगी! मैंने उसके काम के लिए लगभग छह महीने तक गाड़ी चलाई। लेकिन इसके बाद वह पूरी तरह बदल चुकी थी। उसने ख़ुद को पूरी तरह परमेश्वर की सेवा के लिए समर्पित कर दिया और मेरे साथ मिशनरी के रूप में काम करने लगी। हमें एक हफ़्ते की छुट्टी मिली, और हमने अपने हाफ बेसमेंट में सोमवार से शुक्रवार तक एक उत्पत्ति सम्मेलन आयोजित किया। हर दिन मैंने अंग्रेज़ी में एक संदेश दिया, और यंग ने संदेश के अनुसार एक चित्र बनाया और उसे दीवार पर लगाया। मैंने छात्रों और अपार्टमेंट में रहने वाले लोगों को आमंत्रित किया। हर दिन कोई न कोई आया और हमारा संदेश सुना। यंग हमेशा चाहती थी कि मैं परमेश्वर की सेवा में अपना सर्वश्रेष्ठ दूं। उसकी यह प्रेरणा मुझे बेहतर सेवा देने के लिए प्रेरित करती थी। उसने भी पूरी मेहनत और लगन से परमेश्वर की सेवा की। इस तरह, हम दोनों ने मिलकर एक दिल और एक लक्ष्य के साथ परमेश्वर की सेवा करना शुरू किया।

“मैं तुमसे फिर कहता हूँ, यदि तुममें से दो पृथ्वी पर किसी भी बात के लिए सहमत होकर प्रार्थना करें, तो वह मेरे स्वर्गीय पिता द्वारा पूरी की जाएगी। क्योंकि जहाँ दो या तीन मेरे नाम में इकट्ठे होते हैं, वहाँ मैं उनके साथ हूँ।” **मत्ती 18:19,20**

यहाँ यीशु ने 'तुममें से दो' और 'दो या तीन' का उल्लेख किया है। लिखे हुए शब्दों में यह आसान लगता है, लेकिन असल ज़िंदगी में 'दो का सहमत होना' और 'दो या तीन का एक साथ आना' एक लंबी प्रक्रिया है,

जो महीनों या कभी-कभी सालों में पूरी होती है। इसका मतलब केवल शारीरिक रूप से साथ होना नहीं है, बल्कि दो अलग-अलग दिलों का एक होकर प्रभु की सेवा के लिए एकजुट होना है।

मैं एक समय अपने काम पर जाने के लिए एक घंटे पैदल चलता था और काम के बाद एक घंटा वापस आता था। किसी ने मुझे लिफ्ट नहीं दी, और मैंने कभी इसकी उम्मीद भी नहीं की। लेकिन मैंने उससे यह नहीं कहा कि वह भी मेरी तरह पैदल चले। मैंने उसके लिए गाड़ी चलाने का फ़ैसला किया ताकि वह अपने काम पर जा सके। यह करने के लिए मुझे अपनी सहूलियत और आराम को त्यागना पड़ा। दूसरी ओर, उसे अपने अभिमान और गरिमा को छोड़कर मेरी शर्तें माननी पड़ीं। मैंने छह महीने तक उसके लिए गाड़ी चलाई क्योंकि मेरा उद्देश्य परमेश्वर की सेवा करना था। उसने भी यह तय किया कि वह यहाँ रहेगी, ड्राइविंग सीखेगी और अपनी कार ख़रीदेगी ताकि वह प्रभु की सेवा कर सके। इस तरह, हम दोनों एक उद्देश्य पर सहमत हुए और हमने यीशु के नाम में एक साथ काम करना शुरू किया। हमें 'हम दोनों' बनने में छह महीने लगे। उसके बाद, मुझे लगा कि हमारा दिल एक हो गया है। बिना कुछ कहे ही हम एक-दूसरे के विचार और ज़रूरतें समझ सकते थे। हमने बाइबिल अध्ययन, रविवार की उपासना सेवाओं की तैयारी और प्रार्थनाएं साथ में कीं।

लेकिन यंग और मैं जितने भाग्यशाली थे, उतने सभी नहीं होते। कई बार लोग ऐसे हालात का सामना करते हैं जो सुलझ नहीं पाते, और वे अलग रास्ते चुन लेते हैं। अकेले काम करना एक आसान विकल्प बन जाता है। वहाँ न विवाद होता, न संघर्ष, और न असहमति। मैंने देखा कि कई मिशनरी अकेले काम करना पसंद करते थे। वे बहुत मेहनत करते, व्यक्तिगत जीवन का त्याग करते, और पूरी लगन से परमेश्वर की सेवा में लगे रहते थे।

मैं मत्ती 18:19-20 को एक गणितीय सूत्र के रूप में लिखना चाहती हूँ, ताकि इसका मतलब और भी स्पष्ट और सरल हो जाए।

अकेले काम करना 1+0 = 1 (बहुत मेहनत करना, निजी जीवन का त्याग करना, और थकावट महसूस करना।)

दो लोग मिलकर काम करना 1+1 = यह तुम्हारे लिए मेरे स्वर्गीय पिता द्वारा पूरा किया जाएगा।

वहाँ मैं तुम्हारे साथ हूँ।

1+1 = 2 नहीं है। 1+1 = परमेश्वर की शक्ति + यीशु की उपस्थिति

मुझे नहीं पता कि परमेश्वर ने 'तुम में से दो' या 'दो या तीन' के साथ काम करने का यह तरीका क्यों चुना, लेकिन यही उनका तरीका है।

"यीशु ने बारह को बुलाया और उन्हें दो-दो करके भेजा और उन्हें अशुद्ध आत्माओं पर अधिकार दिया।" **मरकुस 6:7**

"इसके बाद प्रभु ने 72 और लोगों को नियुक्त किया और उन्हें दो-दो करके हर उस नगर और स्थान पर अपने से आगे भेजा जहाँ वह जाने वाले थे।" **लूका 10:1**

शिष्य वही करते थे जो यीशु करते थे। मुझे यक़ीन है कि उन्होंने दो-दो करके काम करना सीखा और कभी अकेले काम करने को प्राथमिकता नहीं दी। पतरस और यूहन्ना के बीच हमेशा यह होड़ रहती थी कि कौन पहले रहेगा। लेकिन यीशु की मृत्यु और पुनरुत्थान के बाद, जब सुसमाचार को पृथ्वी के अंत तक पहुँचाने का कार्य उनके सामने था, तो उनके दिलों में मानव अभिमान, महत्वाकांक्षा, प्रतिस्पर्धा और नेतृत्व की चाहत के लिए कोई जगह नहीं बची। पतरस और यूहन्ना ने अपने दिलों

को 'आप दोनों' के रूप में एक किया और विश्व सुसमाचार प्रचार के कार्य को आगे बढ़ाया।

जब मैं चर्च से अपनी सेवानिवृत्ति की तैयारी कर रही थी, तो मैंने एक बात पर ध्यान केंद्रित किया: 'आप दोनों' और 'दो या तीन इकट्ठे हों' को साकार करना। ऐसा चर्च, जो 'आप दोनों' पर आधारित हो, उसमें परमेश्वर की शक्ति होती है। ऐसा चर्च, जो 'दो या तीन के इकट्ठे होने' पर आधारित हो, उसमें यीशु की उपस्थिति होती है। यह कार्य धीरे-धीरे और दृढ़ता से दस साल में पूरा हुआ। और अंत में यह हो गया। हमारे नेतृत्व के भाई एक दिल से परमेश्वर की सेवा करने के लिए समर्पित हैं। वे बिना कुछ कहे एक-दूसरे के दिल की बात समझ लेते हैं। वे एक-दूसरे को प्रेरित करते हैं कि प्रभु की और बेहतर सेवा करें। मैंने शांति के साथ सेवानिवृत्ति ली।

अध्याय 6:
जिमी

एक दिन एक युवा कॉलेज छात्र बाइबिल अध्ययन के लिए हमारे हाफ बेसमेंट में आया। उसका नाम जिमी था (यह असली नाम नहीं है)। वह लेबनान से आया था। जब लेबनान में सिविल वॉर शुरू हुआ, तो उसके माता-पिता ने उसे $5000 देकर अमेरिका भेज दिया। उसने यूनिवर्सिटी ऑफ़ टोलेडो में दाख़िला लिया और उसी अपार्टमेंट बिल्डिंग में एक अपार्टमेंट किराए पर लिया, जहाँ मैं रहती थी। मैंने उसे बाइबिल अध्ययन के लिए आमंत्रित किया, और वह आ गया।

जब वह हमारे हाफ बेसमेंट में आया, तो वह दरवाज़े से दो-तीन फीट से ज़्यादा अंदर नहीं गया। वह कभी भी उससे आगे नहीं बढ़ा। एक अपार्टमेंट, जहाँ दो कोरियाई महिलाएं रहती थीं, उसमें वह बस दरवाज़े पर ही रुकता था। हमने दरवाज़े के पास एक छोटी टेबल और कुर्सी रख दी, जिसे हम 'जिमी की कुर्सी' कहते थे। मैंने उसे उत्पत्ति पढ़ाई। जब वह बाइबिल पढ़ रहा था, तो उसने कहा कि अगर उसकी गर्लफ्रेंड को पता चला कि वह बाइबिल पढ़ रहा है, तो वह नाराज़ हो जाएगी। मुझे लगा कि उसकी गर्लफ्रेंड मुसलमान थी। जिमी अक्सर बाइबिल अध्ययन के अलावा भी अपनी कुर्सी पर आकर बैठता था। हमने अपने अपार्टमेंट का दरवाज़ा बंद नहीं रखा, ताकि वह जब चाहे आ सके।

एक दिन उसने मुझे अपना मुँह दिखाया। उसके मुँह के दोनों कोनों पर लाल घाव थे। वह इसे लेकर चिंतित था। मुझे तुरंत समझ आ गया

कि उसे विटामिन C की कमी है। मैंने उसके लिए सेबों का एक बैग ख़रीदा और उसे दे दिया। कुछ दिनों बाद वह ख़ुशी-ख़ुशी मुस्कुराते हुए आया और मुझे दिखाया कि उसके घाव ठीक हो रहे थे।

एक दिन जिमी ने मुझे अपनी समस्या बताई। उसके पैसे ख़त्म होने वाले थे। उसके माता-पिता ने जो $5000 दिए थे, वह लगभग ख़त्म हो चुके थे। उसने पहले सेमेस्टर की ट्यूशन और अपार्टमेंट का किराया तो चुका दिया था, लेकिन उसके पास अगले सेमेस्टर की फीस भरने के लिए पर्याप्त पैसे नहीं बचे थे। इसका मतलब था कि वह न तो अपनी पढ़ाई जारी रख सकता था और न ही स्टूडेंट वीजा के तहत अमेरिका में रह सकता था।

उसने बताया कि उसका एक दोस्त कनाडा में रहता है, और उसने वहाँ जाने का फ़ैसला किया। उसने कहा कि वह कनाडा में गैस स्टेशन पर काम कर सकता है। लेकिन कनाडा जाने के लिए उसे डेट्रॉइट में लेबनानी कॉन्सुलेट से कुछ काग़ज़ात लेने की ज़रुरत थी। उसने मुझसे दो चीज़ों में मदद मांगी: एक, कि मैं उसे कॉन्सुलेट तक गाड़ी से ले जाऊं, और दूसरी, कि कॉन्सुलेट में मैं उसकी गर्लफ्रेंड होने का नाटक करूं।

उसने इसका कारण समझाया। लेबनानी पुरुष दूसरे पुरुषों के साथ अक्सर रूखा और सख़्त व्यवहार करते हैं। लेकिन महिलाओं के सामने वे शालीन और मददगार बनने की कोशिश करते हैं। अगर मैं उसके साथ न जाती, तो वे उसके काग़ज़ात देने से मना कर सकते थे। लेकिन मेरी मौजूदगी में वे शायद उसकी मदद कर देते। मैंने उसकी मदद करने का फैसला किया।

उस दिन, जब उसका कॉन्सुलेट में अपॉइंटमेंट था, मैंने अपनी सबसे अच्छी पोशाक पहनी। मैं उसे लेकर डेट्रॉइट के लेबनानी कॉन्सुलेट गई। वहाँ हम दोनों कॉन्सुलेट के ऑफिस में दाख़िल हुए। मैं एक कुर्सी पर बैठ

गई, जबकि जिमी अपने काग़ज़ात का काम कर रहा था। ऑफिस में तीन आदमी काम कर रहे थे। सब कुछ बहुत सहजता से हुआ, और उन्होंने जिमी को कनाडा जाने के लिए ज़रुरी काग़ज़ात दे दिए। हम टोलेडो लौट आए। जिमी अपने अपार्टमेंट चला गया, और मैं अपने हाफ बेसमेंट वापस आ गई। यही आख़िरी बार था जब मैंने उसे देखा। मुझे लगता है कि वह शायद सुरक्षित कनाडा पहुँच गया होगा। अगर ऐसा नहीं हुआ होता, तो वह वापस मेरे हाफ बेसमेंट में आता और अपनी 'जिमी की कुर्सी' पर बैठता।

जब जिमी हमारे साथ था, हमने कभी सिविल वॉर के बारे में बात नहीं की – न इस पर कि वे एक-दूसरे को क्यों मार रहे थे, न यह कि कौन किससे लड़ रहा था। हमने धर्म, ईसाईयत, या इस्लाम पर भी कोई चर्चा नहीं की। हमारा ध्यान सिर्फ़ जिमी पर था, और हम उसकी स्थिति को लेकर चिंतित थे। उसे लेबनान में अपने कॉलेज में पढ़ाई करनी चाहिए थी, अपने परिवार के साथ रहना चाहिए था। लेकिन सिविल वॉर ने रातों-रात उसकी क़िस्मत बदल दी। वह एक अंतर्राष्ट्रीय अनाथ बन गया, जैसे एक गिरी हुई पत्ती, जिसे युद्ध की तेज़ धार बहाकर ले जा रही थी।

परमेश्वर ने जिमी के माध्यम से हमें एक ख़ास संदेश दिया। यंग ने एक सपना देखा। उस सपने में, हमारे हाफ बेसमेंट अपार्टमेंट का दरवाज़ा पूरी तरह खुला हुआ था। जिमी मुस्कुराते हुए अंदर आया, और उसके पीछे-पीछे अमेरिकी छात्र भी बेसमेंट में दाखिल हो रहे थे। छात्रों की संख्या इतनी अधिक थी कि यंग को उनकी कतार का अंत ही नहीं दिखा। यह सपना हमें यह समझाने के लिए था कि जिमी कॉलेज छात्रों की सेवा की शुरुआत का अग्रदूत था। हम लंबे समय से कॉलेज छात्रों की सेवा के लिए प्रार्थना कर रहे थे, और यह यात्रा जिमी के साथ शुरू हुई। वह कॉलेज से हमारा पहला बाइबिल छात्र था। इस सपने के माध्यम से, यंग और मुझे यह यक़ीन हो गया कि परमेश्वर ने हमारे हाफ बेसमेंट से कॉलेज

छात्रों की सेवा शुरू करने की योजना बनाई थी। वास्तविकता में, यह सेवा एक साल छह महीने बाद मेरे भावी पति के माध्यम से शुरू हुई।

बार-बार युद्ध क्यों होते हैं? मानव समस्याओं का अंतिम समाधान लड़ाई और हत्या क्यों बन जाता है? यह सच है कि एक पक्ष ग़लत होता है और दूसरा पीड़ित, लेकिन इससे फ़र्क नहीं पड़ता कि कौन सही है और कौन ग़लत। सही समाधान होना चाहिए, लेकिन अक्सर ऐसा नहीं होता। समाधान बनता है – लड़ाई करना, जब तक कि एक पक्ष दूसरे को पूरी तरह ख़त्म न कर दे। जो जीतता है, वह वही होता है जिसके पास अधिक घातक हथियार होते हैं और जो अधिक लोगों को मार सकता है। इस दुनिया में विजेता वही है जो सबसे अधिक मार सकता है।

जब मैं छोटी थी, मेरे माता-पिता ने सिखाया था कि सही काम करने से मैं विजेता बनूँगी, और ग़लत काम करने से हार जाऊँगी। लेकिन जैसे-जैसे मैं बड़ी हुई, मुझे यह समझ आया कि मैं ऐसी दुनिया में रहती हूँ जहाँ हत्यारा ही विजेता कहलाता है। फिर भी, मैं अपने माता-पिता की सिखाई गई बातों पर कायम हूँ। मैं सही काम करने में विश्वास करती हूँ, चाहे इसके परिणाम कुछ भी हों। मैं जानती हूँ कि मेरे सही काम करने से युद्ध नहीं रुक सकते, लेकिन परमेश्वर कर सकते हैं। केवल परमेश्वर के पास ही युद्धों को रोकने की शक्ति है।

परमेश्वर ने मनुष्यों के लिए एक अविश्वसनीय भविष्य की बात की है। वह भविष्य जिसमें पूरी दुनिया में शांति होगी।

"अंतिम दिनों में

परमेश्वर के मंदिर का पर्वत सभी पर्वतों से महान और प्रमुख के रूप में स्थापित किया जाएगा।

यह पहाड़ियों से ऊँचा उठेगा, और सभी राष्ट्र उसकी ओर आएंगे।

बहुत से लोग आएंगे और कहेंगे,

'आओ, हम परमेश्वर के पर्वत पर चलें, याकूब के परमेश्वर के घर की ओर।

वह हमें अपने मार्ग सिखाएगा ताकि हम उसकी राहों पर चल सकें।'

शिक्षा सिय्योन से निकलेगी, और परमेश्वर का वचन यरूशलेम से।

वह राष्ट्रों के बीच न्याय करेगा और कई लोगों के बीच विवादों को सुलझाएगा।

वे अपनी तलवारों को पलों में और अपने भालों को हंसियों में बदल देंगे।

कोई राष्ट्र दूसरे राष्ट्र पर तलवार नहीं उठाएगा, और न ही वे फिर युद्ध के लिए प्रशिक्षण लेंगे।" **यशायाह 2:2-4**

राष्ट्र परमेश्वर से और उनके मार्गों से सीखेंगे।

परमेश्वर राष्ट्रों के बीच न्याय करेंगे और उनके विवादों को सुलझाएंगे। इसका मतलब यह है कि अंतर्राष्ट्रीय समस्याएँ हिंसा और हत्या से नहीं, बल्कि न्याय के आधार पर हल होंगी। जब सभी समस्याएँ न्याय के अनुसार हल होने लगेंगी, तो हथियारों की ज़रुरत नहीं रहेगी। न ही सैनिकों की भर्ती और प्रशिक्षण की कोई आवश्यकता होगी।

लेकिन तब तक, युद्ध चलते रहेंगे। ये युद्ध क़ीमती बेटों और बेटियों की क़िस्मत को पल भर में बदल देते हैं। जिमी, मैं तुम्हें याद करती हूँ।

शुभकामनाएँ, जिमी।

अध्याय 7:
ग्यारह बज रहे हैं

सर्दियों का बर्फ़ीला तूफ़ान चल रहा था। ठंड का तापमान बर्फ़ से ज़्यादा परेशानी पैदा कर रहा था। मुझे काम पर जाने की चिंता थी, और यह चिंता मेरे साथ-साथ यंग के लिए भी थी। सुबह उठकर मैं पार्किंग लॉट में गई।

मैंने अपनी कार का इंजन स्टार्ट करने की कोशिश की, लेकिन वह चालू नहीं हुआ। थककर मैं वापस अपने हाफ बेसमेंट में लौट आई। फिर मैंने AAA को कॉल किया, क्योंकि मैं उनकी सदस्य हूँ। लेकिन वे इतने सारे कॉल में व्यस्त थे कि उनकी वेटिंग लिस्ट बहुत लंबी थी। उन्होंने कहा कि वे तीन दिन बाद ही मेरी मदद कर पाएंगे। इसका मतलब था कि मेरी कार को ठीक कराने का एकमात्र सहारा भी फ़िलहाल उपलब्ध नहीं था।

अब मैं सोचने लगी कि क्या करूँ। मैंने ख़ुद से कहा, "मैं अपनी पूरी कोशिश करूंगी कि कार स्टार्ट हो जाए और मैं काम पर जा सकूं। अगर कार नहीं चली, तो यंग और मुझे अपने-अपने काम की जगहों को समय पर सूचित करना होगा, ताकि वे शेड्यूल में बदलाव कर सकें।" मुझे काम मिस करना बिल्कुल पसंद नहीं। काम का शेड्यूल मेरे और मेरे नियोक्ता के बीच एक अनुबंध है। वे मुझसे काम की उम्मीद करते हैं, और यह मेरी ज़िम्मेदारी है कि मैं शेड्यूल के अनुसार काम करूं। जब तक मैं ठीक हूँ, मैं हमेशा काम पर जाती हूँ। यंग और मैं दोनों शाम की शिफ़्ट में काम करते थे।

मुझे कम से कम 11 बजे तक यह तय कर लेना था कि मैं काम पर जा पाऊंगी या नहीं। क़ानूनी रूप से, अगर मैं काम पर नहीं जा सकती तो मुझे नर्सिंग ऑफिस को कम से कम दो घंटे पहले सूचित करना होता है। लेकिन मैं चाहती थी कि मुझे दो घंटे से पहले ही सब पता चल जाए।

उस दिन मैंने आधे-आधे घंटे की प्रार्थना को अपनी सबसे शक्तिशाली आध्यात्मिक शक्ति के रूप में अपनाया। मैंने तय किया कि हर घंटे प्रार्थना करूंगी। महीने में एक बार, हफ़्ते में एक बार, और रोज़ की प्रार्थनाएं तो होती हैं, लेकिन मैंने अभी तक हर घंटे की प्रार्थना के बारे में नहीं सुना था। इसलिए मैंने सुबह 7 बजे, 8 बजे, 9 बजे, 10 बजे, और 11 बजे हर घंटे प्रार्थना करने का निर्णय लिया। हर घंटे की प्रार्थना मेरे लिए अब तक का सबसे शक्तिशाली आध्यात्मिक अनुभव था। और जब दो लोग साथ में हर घंटे प्रार्थना करें, तो वह 100% आध्यात्मिक परमाणु बम के समान हो जाता है। इसमें उपवास की ज़रूरत नहीं थी। बस हर घंटे 5-10 मिनट प्रार्थना करें, जब तक सोने का समय न आ जाए। यह उस दिन पूरी निष्ठा और समर्पण की मांग करता था।

“फिर मैं तुमसे कहता हूँ, यदि तुम में से दो पृथ्वी पर किसी बात के लिए सहमत होकर प्रार्थना करें, तो वह स्वर्ग में मेरे पिता द्वारा पूरी की जाएगी। क्योंकि जहाँ दो या तीन मेरे नाम में इकट्ठा होते हैं, मैं वहाँ उनके साथ हूँ।” — मत्ती 18:19-20

प्रार्थना के बाद मैं पार्किंग लॉट में गई और कार स्टार्ट करने की कोशिश की। लेकिन कार चालू नहीं हुई। मैंने कार का फ्रंट हुड खोला और उसमें जमे हुए ठंडे धातु के चमचमाते हिस्से देखे। मैं सोच रही थी कि परमेश्वर में यह शक्ति है कि वह कार को चालू कर सकता है। जब परमेश्वर का स्पर्श इन धातु के हिस्सों पर होगा, तो सभी धातुएँ चलने लगेंगी और काम करेंगी। मैंने हुड को खुला छोड़ दिया, सोचते हुए कि सूरज की रोशनी

शायद इंजन को थोड़ा गर्म कर दे और इंजन स्टार्ट हो जाए। फिर मैं अपने हाफ बेसमेंट में लौट आई।

एक घंटे बाद मैंने फिर प्रार्थना की कि कार स्टार्ट हो जाए और फिर से पार्किंग लॉट में गई। कार फिर भी चालू नहीं हुई। मैंने यह हर घंटे दोहराया।

11 बजे की आख़िरी प्रार्थना के लिए मैंने थोड़ी जल्दी शुरुआत की। 10:45 पर मैंने प्रार्थना की। यह मेरी अंतिम प्रार्थना थी कि कार स्टार्ट हो जाए। अगर इस बार कार नहीं चली, तो मुझे और यंग को अपने-अपने काम की जगह कॉल करनी होगी। प्रार्थना के बाद मैं पार्किंग लॉट में गई और कार स्टार्ट करने की कोशिश की। लेकिन कार चालू नहीं हुई। मुझे लगा, मेरी प्रार्थना का जवाब नहीं मिला। कार से बाहर निकलकर मैं अपार्टमेंट बिल्डिंग के प्रवेश द्वार की ओर चल पड़ी।

मेरे आगे कुछ गज की दूरी पर एक आदमी जा रहा था। वह भी उसी दिशा में प्रवेश द्वार की ओर बढ़ रहा था। उसने कैमोफ़्लाज आर्मी जैकेट पहनी हुई थी और हुड से सिर ढंका हुआ था। मैंने पहले कभी इस अपार्टमेंट में किसी सैनिक को नहीं देखा था, तो मुझे उत्सुकता हुई कि वह कौन है। मैं तेज़ी से दौड़ी, उसे पार किया, और पलटकर उसका चेहरा देखा।

वह एक बुज़ुर्ग श्वेत व्यक्ति था। उसने मुझसे पूछा, "क्या आपकी कार स्टार्ट नहीं हो रही?" मैंने जवाब दिया, "हाँ।" उसने कहा, "मैं आपकी मदद करता हूँ।" मैं उसकी बात सुनकर चौंक गई। "आख़िर उसने कैसे मेरी परेशानी भाँप ली?" वह बिना कुछ कहे वापस पार्किंग लॉट की ओर मुड़ गया, और मैं उसके पीछे-पीछे चलने लगी। उसे पहले से ही पता था कि मेरी कार कहाँ है। उसने अपनी कार तक जाकर, उसे चालू किया और मेरी कार के पास लाकर खड़ा कर दिया। फिर उसने अपनी कार की बैटरी से मेरी कार की बैटरी को जंपर केबल से जोड़ा। उसने मुझसे कहा, "जाकर

कार स्टार्ट करो।" मैंने कोशिश की, लेकिन कार चालू नहीं हुई। उसने फिर कहा, "फिर से कोशिश करो।" मैंने कुछ और बार प्रयास किया, और आख़िरकार कार चालू हो गई। हालाँकि, इंजन से घना काला धुआँ निकल रहा था। उसने बताया कि मैंने इंजन में ज़्यादा गैस भर दी थी, जिससे यह धुआँ निकल रहा था।

ड्राइवर की सीट पर बैठी हुई, मैंने ज़ोर से कहा,

"अपनी घड़ी देखो! ठीक 11 बजे हैं!"

उसने मेरी आवाज़ सुनी और अपनी कलाई घड़ी खिड़की के पास लाकर मुझे दिखाई। मैंने देखा कि घड़ी का समय 11 बजकर 20 सेकंड था। इंजन ठीक 11 बजे चालू हुआ। क्या मैंने परमेश्वर से प्रार्थना नहीं की थी कि कार 11 बजे स्टार्ट हो जाए? और परमेश्वर ने मेरी प्रार्थना बिल्कुल वैसे ही सुनी। मैंने उस व्यक्ति को बताया कि मैंने हर घंटे यह प्रार्थना की थी कि कार 11 बजे स्टार्ट हो।

जब मैं हर घंटे प्रार्थना कर रही थी, तब परमेश्वर ने पहले ही उस व्यक्ति को मेरी मदद के लिए पार्किंग लॉट में भेज दिया था। परमेश्वर ने उसे मेरी कार के पास खड़े हुड खोलते और मेरी परेशानी देखते हुए मार्गदर्शन दिया। शायद उसने मुझे कार स्टार्ट करने की कोशिश करते हुए भी देखा होगा। लेकिन उसने तब तक मेरी मदद का मन नहीं बनाया, जब तक मैंने दौड़कर उसका चेहरा नहीं देखा, जैसे कि मैं उससे मदद माँगने वाली थी।

इस अनुभव से मुझे एहसास हुआ कि परमेश्वर हमेशा अपनी सर्वशक्तिमान शक्ति से सीधे मदद नहीं करते। वह अक्सर हमारी मदद के लिए सही समय पर किसी उपयुक्त व्यक्ति को भेजते हैं, चाहे वह कोई अजनबी ही क्यों न हो। और इस पूरे अनुभव ने मुझे हर घंटे प्रार्थना की ताक़त का भी महत्व सिखा दिया।

अध्याय 8:
अश्लील कॉल

यंग और मैं अपने हाफ बेसमेंट अपार्टमेंट में थे, जब हमारे लैंडलाइन फ़ोन की घंटी बजी। यंग ने फ़ोन उठाया। मैं सुन सकती थी कि यंग फ़ोन पर क्या बात कर रही थी। "क्या है वो?" "कुछ मीठा?"

"ओह! चॉकलेट! आप चॉकलेट चाहते हैं?" फिर यंग ने फ़ोन मेरी ओर बढ़ाते हुए कहा, "कोई चॉकलेट के बारे में बात कर रहा है।"

मैंने फ़ोन लिया और पूछा, "क्या मैं आपकी मदद कर सकती हूँ?" फ़ोन के दूसरी तरफ़ से एक अमेरिकी आदमी ने एक शब्द कहा, जिसे मैंने पहले कभी नहीं सुना था। मैं थोड़ा उलझन में थी, इसलिए मैंने उससे माफ़ी मांगी और कहा, "मुझे यह शब्द समझ नहीं आया। क्या आप इसे दोबारा कह सकते हैं?" लेकिन जब उसने फिर से कहा, तब भी मुझे कुछ समझ नहीं आया। मैंने यंग से कहा कि वह मेरे लिए इंग्लिश-कोरियन डिक्शनरी लेकर आए। फ़ोन पर उस आदमी से मैंने निवेदन किया, "कृपया फ़ोन पर बने रहें। मैं इस शब्द का मतलब डिक्शनरी में देख रही हूँ। फ़ोन न काटें।" यंग डिक्शनरी लेकर आई। मैंने उस आदमी से कहा, "क्या आप शब्द की स्पेलिंग बता सकते हैं?" हम उसकी मदद करना चाहते थे। उसने धीरे-धीरे स्पेलिंग बतानी शुरू की। उसने कहा, "F," और हमने डिक्शनरी में F सेक्शन खोला। फिर मैंने पूछा, "अगला?" उसने कहा, "L," और हमने पन्ने पलटे। आख़िरकार उसने जिस शब्द की स्पेलिंग बताई, वह था 'floozy'। मैंने जल्दी से इसका कोरियन अनुवाद देखा। इसका मतलब

था "चरित्रहीन महिला, सड़क पर घूमने वाली महिला।" यह समझते ही मैंने तुरंत फ़ोन काट दिया।

उस दिन तक मुझे 'अश्लील कॉल्स' जैसी किसी चीज़ के बारे में जानकारी नहीं थी। मेरे लिए फ़ोन कॉल्स हमेशा ईमानदारी और सम्मान के साथ बातचीत करने का ज़रिया थे। मुझे यह अंदाज़ा भी नहीं था कि दुनिया में ऐसा भी कुछ हो सकता है।

कुछ हफ़्तों बाद फिर हमारे फ़ोन की घंटी बजी। मैंने फ़ोन उठाया और कहा, "हैलो?" दूसरी तरफ़ से एक अमेरिकी आदमी की तेज़ी से सांस लेने की आवाज़ आई। वह बोलने की कोशिश कर रहा था, लेकिन उसकी बात साफ़ समझ में नहीं आ रही थी। मुझे तुरंत लगा कि उसे शायद दिल का दौरा पड़ा है और उसे फ़ौरन मदद की ज़रुरत है। मैंने पूछा, "क्या आपको मदद चाहिए?"

उसने धीमी आवाज़ में जवाब दिया, "हाँ।" मैंने तुरंत फिर पूछा, "मैं आपकी कैसे मदद कर सकती हूँ?" उसने कहा, "यह बढ़ रहा है।" उसकी बात सुनकर मुझे थोड़ा अजीब लगा। दिल के दौरे के दर्द को "बढ़ रहा है" कहना असामान्य था। आम तौर पर लोग कहते हैं कि दर्द "और ख़राब हो रहा है।" लेकिन मैंने जल्दी ही सोचा कि शायद उसका दर्द उसके दिल के चारों कक्षों में फैल रहा होगा।

मैं तुरंत उसे बचाने के लिए सक्रिय हो गई। वह ठीक से सांस नहीं ले पा रहा था, और मुझे उसे मदद पहुँचाने में देर नहीं करनी चाहिए थी। मुझे यह भी समझ नहीं आ रहा था कि उसने शुरुआत में ही एम्बुलेंस क्यों नहीं बुलवाई। आख़िरकार मैंने उससे पूछा, "क्या मैं आपके लिए एम्बुलेंस बुलाऊँ?" इतना सुनते ही वह अचानक सामान्य हो गया। उसकी सांसें ठीक हो गईं, और उसने पूरी तरह स्पष्ट स्वर में कहा, "नहीं-नहीं। मुझे आपकी ज़रुरत है।" यह सुनते ही मैंने तुरंत फ़ोन काट दिया।

मुझे समझ में आ गया था कि यह कौन हो सकता है। वह हमारे अपार्टमेंट बिल्डिंग का एक युवा लड़का था, जिसे मैंने बाइबिल अध्ययन के लिए आमंत्रित किया था और उसे अपना फ़ोन नंबर दिया था। लेकिन मुझे यह पता नहीं था कि कोई इस आमंत्रण को सकारात्मकता से स्वीकार करेगा या अश्लील कॉल करेगा। यह अमेरिका था। मुझे ऐसी चीज़ों से निपटना सीखना था।

मैंने पहले से कुछ शब्द तैयार कर लिए थे, ताकि अगर वह व्यक्ति फिर से कॉल करे तो मैं जवाब दे सकूँ। मेरे तैयार किए गए जवाब थे, "किसी पागलखाने जाओ। पुलिस स्टेशन जाओ," वग़ैरह। उस समय कॉलर आईडी की सुविधा नहीं थी, और जब भी फ़ोन बजता, मुझे जवाब देना पड़ता था। वह बार-बार फ़ोन करता रहा। इस बीच, एक और व्यक्ति ने मुझे परेशान करना शुरू कर दिया। एक दिन मैं अपने बाइबिल स्टूडेंट से मिलने कॉलेज डॉर्मिटरी गई। हमने उसकी डॉर्मिटरी के कमरे में बाइबिल स्टडी के लिए समय तय किया था। जब मैं बिल्डिंग में दाखिल हुई, तो उसका कमरा दूसरी मंज़िल पर था। जैसे ही मैं पहली मंज़िल पर पहुँची, उसने मुझे ऊपर से आवाज़ दी। मैंने ऊपर देखा, और मेरी आँखों के सामने जो था, उसे देखकर मैं हैरान रह गई। वह वहाँ खड़ा था, उसका ऊपरी शरीर नंगा था और निचला हिस्सा केवल एक सफ़ेद तौलिये से ढंका हुआ था। ऐसा लग रहा था जैसे वह अभी-अभी नहाकर निकला हो।

उस पल मुझे महसूस हुआ कि यह व्यक्ति बाइबिल स्टडी के लिए तैयार नहीं है। वह ऐसा लग रहा था जैसे किसी बॉडीबिल्डिंग प्रतियोगिता के लिए तैयार हो रहा हो। मुझे पुरुषों की मांसपेशियों में कोई दिलचस्पी नहीं है। मैं एक आदमी में उसकी बुद्धिमत्ता और विचारों को देखती हूँ। ख़ैर, मैंने इंतज़ार किया जब तक उसने कपड़े पहन लिए। हमने उसके कमरे में, दरवाज़ा खुला रखकर, बाइबिल स्टडी की, लेकिन यह सत्र ठीक से नहीं चला। इसके बाद, मैंने उससे दूरी बना ली। हालाँकि, उसके बाद भी वह चर्च आता रहा।

इसी अनुभव ने मुझे यह सिखाया कि मैं किसी अविवाहित युवा महिला को अकेले विदेश में मिशनरी के रूप में जाने की सलाह नहीं दूँगी। मिशन के सपने को पूरा करने से पहले, वह किसी अप्रिय घटना का सामना कर सकती है। जब मैं शादी के लिए कोरिया गई और शादी कर ली, तो मैंने अपने पति को इन दोनों व्यक्तियों के बारे में बताया। मेरे पति ने तुरंत इस मामले को संभाल लिया। इन दोनों ने फिर कभी संपर्क नहीं किया। तब जाकर मैंने राहत और सुरक्षा महसूस की।

बाद में, जब मैं पादरी बनी, तो मैंने एक सख़्त नीति बनाई कि मैं बाइबिल पढ़ाने या विपरीत लिंग के लोगों की व्यक्तिगत देखभाल नहीं करूँगी। पुरुषों का मार्गदर्शन पुरुष करेंगे, और महिलाओं का ध्यान महिलाएं रखेंगी। यह नीति मेरे लिए बेहद प्रभावी और सुरक्षित साबित हुई।

अध्याय 9:
विवाह

चूँकि, मैं काम, बाइबिल अध्ययन, और रविवार की उपासना सेवाओं में बहुत व्यस्त थी, चर्च के लीडर ने मुझसे कोरिया से फोन कर कहा कि मुझे शादी के लिए कोरिया आना चाहिए। उन्होंने पूछा, "क्या तुम उसकी तस्वीर देखना चाहोगी?" मैंने कहा, "नहीं। मुझे उसकी तस्वीर देखने की ज़रुरत नहीं है। आपको उसकी तस्वीर भेजने की ज़रुरत नहीं है।" मैंने अपने भविष्य के पति की तस्वीर देखने से इसलिए इनकार कर दिया क्योंकि मेरा परमेश्वर में गहरा विश्वास था। मुझे यक़ीन था कि परमेश्वर ने मेरे लिए सही व्यक्ति चुना है। परमेश्वर ने आदम के लिए हव्वा को लाया था (उत्पत्ति 2:22)। परमेश्वर ने इसहाक के लिए रेबेकाह को लाया था (उत्पत्ति 24:15)। और मैं जानती थी कि परमेश्वर मुझे भी उस व्यक्ति तक पहुँचाएंगे जिसे उन्होंने मेरे लिए चुना है। इसके अलावा, मेरे भविष्य के पति को लेकर मेरी दो व्यक्तिगत इच्छाएं भी पूरी हो चुकी थीं। वह परमेश्वर के सेवक थे और बहुत बुद्धिमान थे। उन्होंने सियोल नेशनल यूनिवर्सिटी में भौतिकी की पढ़ाई की थी। तो फिर मुझे उनकी तस्वीर देखने की ज़रुरत क्यों होती?

मेरे पास काम से केवल दो हफ़्ते से भी कम की छुट्टी थी। बाइबिल अध्ययन और रविवार की उपासना सेवाओं के कारण मैं ज़्यादा दिन की छुट्टी नहीं ले सकती थी। मेरी गैरमौजूदगी में मेरी जगह लेने के लिए कोई और व्यक्ति भी नहीं था। मैंने सोमवार को यात्रा शुरू की ताकि मैं सिर्फ़ एक रविवार की उपासना सेवा ही मिस करूँ। टोलेडो से कोरिया के लिए

कोई सीधी फ्लाइट नहीं थी। मुझे पहले ग्रेहाउंड बस से टोलेडो से शिकागो जाना पड़ा। फिर शिकागो ओ'हेयर एयरपोर्ट से कोरिया के लिए फ्लाइट पकड़ी। मैंने ओ'हेयर एयरपोर्ट और गिम्पो एयरपोर्ट के बीच की राउंड ट्रिप फ्लाइट टिकटें और शिकागो से टोलेडो की राउंड ट्रिप बस टिकटें ख़रीदीं।

मेरे पास पहनने के लिए कोई ढंग के कपड़े नहीं थे। मैंने अमेरिका में कोई नए कपड़े नहीं ख़रीदे थे, सिवाय नर्सिंग यूनिफॉर्म के। मैंने थ्रिफ्ट स्टोर्स से कुछ कपड़े ख़रीदे थे और उन्हीं को बार-बार पहनती थी। इस यात्रा के लिए मैंने $3 में लाल धारियों वाली एक सफ़ेद टी-शर्ट ख़रीदी। मैंने इसे सफ़ेद नर्सिंग यूनिफॉर्म की पैंट और सफेद नर्सिंग जूतों के साथ पहना। इन तैयारियों के बाद मेरे पास केवल $5 बचे थे।

मैं पैसे उधार लेना नहीं चाहती थी। अगर मेरे पास अभी पैसे नहीं हैं और मैं उधार लेती हूँ, तो बाद में उन्हें कैसे चुका पाऊँगी? और वैसे भी, मेरे पास ऐसा कोई नहीं था जिससे मैं पैसे उधार माँग सकती। मेरा एक नियम था, "अगर पैसे नहीं हैं, तो वह काम मत करो।" लेकिन मैंने इस नियम को अपनी शादी पर लागू नहीं किया। कोई भी नियम एक उम्रदराज़ लड़की को शादी करने से नहीं रोक सकता।

ग्रेहाउंड बस से मैं शिकागो पहुँची। एयरपोर्ट जाने से पहले कुछ घंटे का समय था। मैं थोड़ी देर के लिए एक अपार्टमेंट में रुकी जहाँ कुछ महिला मिशनरी रहती थीं। वे मुझसे नाराज़ थीं।

"तुम किसी भिखारी की तरह लग रही हो। कोरिया में लोग कहेंगे कि अमेरिका से एक भिखारी आई है। सिर्फ़ तुम्हें ही नहीं, बल्कि तुम्हारी वजह से हमें भी भिखारी समझा जाएगा।" मैंने सोचा, "क्या मैं सच में इतनी बुरी दिख रही हूँ?" फिर मैंने ख़ुद से कहा, "जब कोरिया जा रही हो, तो थोड़ा स्टाइलिश क्यों नहीं जाती?"

ख़ैर, उन्होंने मुझे एयरपोर्ट तक छोड़ दिया। लंबी फ्लाइट के बाद मैं कोरिया के एयरपोर्ट पहुँची। कस्टम क्लियर करने के बाद जब मैं बाहर निकली, तो लॉबी में चर्च के भाई-बहन मेरा इंतज़ार कर रहे थे और उन्होंने मेरा स्वागत किया। उनमें से एक के हाथ में फूलों का गुच्छा था। तब मुझे समझ आ गया कि यही वह व्यक्ति है जिससे मेरी शादी होगी। वह बहुत ही हैंडसम थे। फूलों का गुच्छा पीले गेंदा के फूलों का था, जो आम तौर पर घरों और सड़कों के किनारे मिल जाते हैं। हर फूल मुरझा चुका था, झुक गया था, और रैपिंग पेपर मोटा सफ़ेद काग़ज़ था, जो कॉपी मशीन में इस्तेमाल होता है।

मैंने तुरंत समझ लिया कि उन्होंने फूलों के साथ क्या किया होगा। वह मुझे फूल देना चाहते थे लेकिन उनके पास पैसे नहीं थे। उन्होंने ये फूल किसी बगीचे या फुटपाथ से तोड़े होंगे। उन्हें थोड़ी देर पानी में रखना चाहिए था, लेकिन उन्होंने ऐसा नहीं किया। जब तक मैं पहुँची, सारे फूल मुरझा गए थे। और रैपिंग पेपर? यक़ीनन उन्होंने चर्च की कॉपी मशीन से निकाला होगा। फिर भी, मैंने उनके प्रयास और इस साधारण-सी पेशकश की सराहना की। आख़िरकार, मैं ख़ुद भी केवल $5 नकद और नर्सिंग यूनिफॉर्म की पैंट और जूते पहनकर पहुँची थी।

चूँकि, मेरे पास पैसे नहीं थे, मैं अपने घर मोकपो नहीं जा सकती थी। मोकपो में मेरे परिवार के पास फ़ोन भी नहीं था। मैंने अपने मोहल्ले की एक फ़ार्मेसी को फ़ोन किया और उनसे निवेदन किया कि वे मेरे माता-पिता को फ़ोन तक बुला दें। उन्होंने मेरी बात मान ली। मैंने बस इतना बताया कि मैं सियोल शादी करने आई हूँ। इसके बाद मेरे पास करने के लिए कुछ नहीं था, क्योंकि पैसे नहीं थे। लेकिन मैं बिल्कुल भी चिंतित नहीं थी।

मैंने अपनी शादी की तैयारी परमेश्वर के वचनों के सहारे की। मैंने उत्पत्ति 2:18-25 के वचनों का गहराई से अध्ययन किया, जो अदन के

बगीचे में विवाह के बारे में हैं। मैंने ये वचन कई बार दूसरों को सिखाए थे, लेकिन इस बार मैंने इन्हें अपनी शादी के लिए समझा। अदन का बगीचा स्वर्ग है, मनुष्यों के लिए परम आनंद का स्थान। और उस स्वर्ग के केंद्र में विवाह था। यह कितनी अनमोल बात है! मुझे इस अद्भुत आनंद को अपनी ज़िंदगी में पाने का अवसर मिलने वाला था।

"तब यहोवा परमेश्वर ने आदमी को गहरी नींद में डाल दिया। जब वह सो रहा था, तो उसने उसकी एक पसली निकाली और उस जगह को मांस से भर दिया। फिर यहोवा परमेश्वर ने उस पसली से एक स्त्री बनाई, जो उसने आदमी से ली थी, और उसे आदमी के पास ले आया।

आदमी ने कहा,

"अंत में! हमारे सामने एक व्यक्ति है, इसकी हड्डियाँ मेरी हड्डियों से आईं।
इसका शरीर मेरे शरीर से आया, क्योंकि यह मनुष्य से निकाली गई।
इसलिए मैं इसे स्त्री कहूँगा।"

उत्पत्ति 2:21-23

यह सबसे सुंदर और सुखद विवाह था—अदन के बगीचे का पहला विवाह। परमेश्वर ने स्त्री को पुरुष से बनाया और उसे पुरुष के पास ले आए। पुरुष ने उसे अपने ही हिस्से के रूप में स्वीकार किया। आदम और हव्वा का विवाह इतना अनमोल और अद्भुत था कि इसे पढ़कर मुझे अपार ख़ुशी महसूस हुई। मैं भी एक ऐसे व्यक्ति से मिलने वाली थी, जिसके एक हिस्से से मैं बनाई गई हूँ। शाम को वह मुझसे मिलने आये। मैं उनकी ओर सीधे देख नहीं पा रही थी, इसलिए मैंने कमरे के फ़र्श को देखते हुए अपनी झिझक छिपाई। उन्होंने अपने बारे में, परमेश्वर के प्रति अपने विश्वास और अपने परिवार के बारे में बताया। मैं बस चुपचाप सुनती रही, एक शब्द भी नहीं बोल सकी। उसके बाद वह हर शाम मुझसे मिलने आने लगे। तीसरी शाम को हम चाय पीने के लिए साथ में बाहर गए।

अदन के बगीचे में जो विवाह हुआ था, वह समय के साथ बदल गया है। यह धीरे-धीरे जटिल, व्यावसायिक और महंगा बन गया है। इंसानों ने इसे इतना पेचीदा बना दिया है कि अब शादी करना आसान नहीं रहा। आज शादी के लिए ढेर सारी तैयारियां और भारी खर्च करना पड़ता है— दुल्हन की तैयारी, शादी का जोड़ा, निमंत्रण कार्ड, फ़ोटो सेशन, विवाह समारोह, अंगूठियां, स्वागत स्थल, भोजन-पेय, फूल, लिमोज़ीन, नया फ़र्नीचर, नया घर और हनीमून...

इसके साथ ही, लोगों ने विवाह से परमेश्वर के सत्य को भी हटा दिया है। बिना परमेश्वर के सत्य के, चाहे शादी पर कितना भी पैसा खर्च किया जाए, वह टिक नहीं सकती।

उत्पत्ति 2:18-25 के वचन में एक खुशहाल विवाह के सारे सिद्धांत और रहस्य छिपे हुए हैं। भले ही अदन का स्वर्ग खो गया हो, लेकिन पति-पत्नी अब भी एक सुखी वैवाहिक जीवन जी सकते हैं, अगर वे विवाह के सत्य को अपनाएं और इस अध्याय में दिए गए सिद्धांतों को अपने जीवन में लागू करें। हर व्यक्ति को शादी से पहले इन वचनों का अध्ययन ज़रूर करना चाहिए ताकि वे समझ सकें कि परमेश्वर ने अदन के बगीचे में विवाह क्यों और कैसे स्थापित किया।

मैंने उत्पत्ति 2:25 के वचनों पर मनन किया, "आदमी और उसकी पत्नी दोनों नग्न थे, फिर भी उन्हें शर्म नहीं थी।" यह केवल शारीरिक रूप से नग्न होने का संकेत नहीं देता, बल्कि यह भी बताता है कि उनके बीच कोई रहस्य नहीं था। विवाह में अगर पति-पत्नी के बीच रहस्य हों, तो वे एक-दूसरे के करीब नहीं आ पाते। यह अदृश्य दीवार उनके "एक देह" बनने (उत्पत्ति 2:24) में बाधा डालती है और शादी को कमज़ोर कर देती है। मैंने ठान लिया कि मेरे और मेरे पति के बीच कोई भी बात छुपी नहीं रहेगी। मेरा वैवाहिक जीवन पूरी तरह ईमानदारी और खुलेपन पर आधारित होगा।

द हाफ बेसमेंट

मेरा परिवार मोकपो से सियोल आ गया। मेरी बहन ने अपनी सात साल की बचत निकाली और उसे मेरी शादी के खर्चों के लिए इस्तेमाल किया। मेरे पास शादी की तैयारी के लिए केवल दो दिन थे, और वही पैसे थे जो मेरी बहन लेकर आई थी।

मैं "ईस्ट गेट" नाम के एक बाज़ार गई। वहाँ मैंने एक वन-पीस ड्रेस, जूते और एक हैट ख़रीदी, क्योंकि उस समय सूरज बहुत तेज़ था। जब मैंने ये कपड़े पहने, तो मेरा पूरा रूप-रंग बदल गया। मेरे पति को मेरा यह नया अंदाज़ बहुत पसंद आया। उन्होंने कहा कि मैं फ़िल्म 'द साउंड ऑफ म्यूज़िक' की जूली एंड्रयूज जैसी लग रही हूँ। जूली एंड्रयूज एक लंबी, गोरी अमेरिकी अभिनेत्री थीं, और मैं एक छोटी कद की एशियाई महिला। उनका मतलब यह नहीं था कि मैं दिखने में वैसी लग रही थी, बल्कि मेरा व्यक्तित्व फ़िल्म के किरदार मारिया जैसा था, जिसे जूली एंड्रयूज ने निभाया था। मैंने उनके परिवार के लिए उपहार ख़रीदे और अपने पति के लिए एक घड़ी शादी के उपहार के रूप में ली। शादी के लिए मैंने एक ड्रेस किराए पर ली। मुझे शादी की सही तिथि याद नहीं है, लेकिन यह अगस्त 1976 के तीसरे हफ़्ते का गुरुवार था।

हमने चर्च में अपने भाई-बहनों की उपस्थिति में शादी की। वहाँ भजन गाए गए, प्रार्थनाएं हुईं, और सभी ने हमें आशीर्वाद दिया। चर्च के भाई-बहनों ने हमारी शादी के लिए चर्च को बेहद खूबसूरती से सजाया। उनकी मेहनत और प्यार के लिए मैं दिल से आभारी थी।

चर्च के लीडरों ने मुझे शादी के तोहफ़े के रूप में लगभग 6-7 किताबें दीं। पूरी ज़िंदगी में मैंने कभी नहीं देखा कि शादी में किताबें तोहफ़े के रूप में दी जाती हैं। क्या लोग शादी में आम तौर पर पैसे नहीं देते? मैंने तो कभी किसी को शादी में किताबें तोहफ़े में नहीं दीं। क्या उन्होंने अपनी शादी में किताबें तोहफ़े में ली थीं? क्या उनके बेटे-बेटियों को भी शादी में किताबें तोहफ़े में मिलती हैं? सभी तोहफ़े किताबें होने का मतलब था कि

शायद ऐसा करने का निर्देश दिया गया था, और सबने उसे मान लिया। इन किताबों ने मुझे एक संदेश दिया। यह संदेश मैंने अपने दिल में महसूस किया। वह संदेश था, "तुम इससे ज़्यादा की हक़दार नहीं हो।" शायद इसकी वजह यह थी कि मैंने न्यूयॉर्क को अपनी मर्ज़ी से छोड़ दिया था।

मेरे ट्रैवल बैग में नीचे पहिए नहीं थे। मैंने वह भारी बैग अपने कंधे पर उठाकर ही कोरिया से लेकर टोलेडो तक का सफ़र तय किया। उस बैग में ये किताबें भी थीं। मैंने यह भी नहीं देखा कि किताबें किसने दी थीं। जब मैं वापस पहुँची, तो मैंने उन्हें हाफ बेसमेंट में कहीं रख दिया, और वे वहीं खो गईं।

हम अपने हनीमून के लिए एक पहाड़ी रिसॉर्ट गए। जब हम होटल के कमरे में पहुँचे, तो मैंने अपने पति से कहा कि वे जितने भी पैसे लेकर आए हैं, सब निकालकर बिस्तर पर रख दें। मैंने भी अपने पास जो पैसे थे, वे निकालकर बिस्तर पर रख दिए। फिर मैंने दोनों की रकम को एक साथ जोड़ा और गिना कि हमारे पास कुल कितने पैसे हैं। मैंने हमारे दो रात और तीन दिन के हनीमून का बजट बनाया। वापसी में अमेरिका जाने के लिए मेरे किराए के पैसे अलग रखे, साथ ही लौटते समय कुछ उपहार ख़रीदने के लिए थोड़ा पैसा अलग किया। बाकी पैसे से हम एक दिन चावल के साथ एक सामान्य खाना खा सकते थे, लेकिन बाकी के दिनों में हमें सस्ते नूडल्स और रेमन पर ही निर्भर रहना था। मैंने कभी नहीं सुना कि कोई जोड़ा अपने हनीमून पर भूखा रहा हो, लेकिन हम शायद पहले ऐसे जोड़े बन जाते, अगर मैंने खाने का ख़र्च ठीक से बजट नहीं किया होता।

अगले दिन, मेरे पति और मैं होटल से बाहर घूमने के लिए निकले। सड़क के किनारे एक बुज़ुर्ग आदमी पुरानी साइकिल किराये पर दे रहे थे। मेरे पति ने एक साइकिल एक घंटे के लिए किराये पर ली, और मैं पीछे की सीट पर बैठ गई, उनकी पीठ पकड़कर। वह कच्ची सड़क पर साइकिल

चला रहे थे, और मैं सोच रही थी कि कहीं हमारे वज़न से साइकिल का टायर पंचर न हो जाए। जब हमने साइकिल बिना किसी नुकसान के वापस कर दी, तो मेरी जान में जान आई। सड़क पर कुछ पेशेवर फ़ोटोग्राफ़र भी थे, जो नए शादीशुदा जोड़ों की तस्वीरें खींच रहे थे। लेकिन हमारे पास अतिरिक्त पैसे नहीं थे, इसलिए हमने कोई फ़ोटो नहीं खिंचवाई। इस वजह से हमारे पास हनीमून की कोई तस्वीर नहीं है।

इसके बाद मेरे पति ने पहाड़ की चोटी की ओर चलना शुरू किया, और मैं उनके पीछे-पीछे चलने लगी। रास्ता चढ़ाई भरा, चट्टानी और धूलभरा था। वहाँ कोई छांव नहीं थी, और गर्मी इतनी तेज़ थी कि मैं पसीने से तर-बतर हो गई। लेकिन यह भी अच्छा था, क्योंकि पहाड़ पर चलने का मज़ा लेने के लिए पैसे ख़र्च नहीं करने पड़े। कुछ समय बाद हम नीचे उतरने लगे। पहाड़ से नीचे आने के बाद हमने एक रेस्तरां में खाना खाया। वह एक साधारण चावल का डिश था, लेकिन उसके साथ जो सब्ज़ियां और मशरूम परोसे गए थे, वे पहाड़ से लाए गए ताज़े और बेहद स्वादिष्ट थे।

उस दिन मुझे अपने पति से वह बात कहने का मौक़ा मिला, जो मैं लंबे समय से कहना चाहती थी। मेरे पति एक प्रतिभाशाली कवि थे। उन्होंने हाई स्कूल के दिनों से कई कविता प्रतियोगिताओं में पुरस्कार जीते थे। लेकिन मैं बिल्कुल उलट थी। मुझे कविताएं और कवि कभी पसंद नहीं आए। मुझे चिंता थी कि कहीं भविष्य में वह मुझसे अपनी कविताएं पढ़ने और समझने की उम्मीद न करने लगें। मैंने तय किया कि मुझे शुरुआत में ही यह बात साफ़ कर देनी चाहिए। मैंने उनसे कहा, "मुझे कविताएं और कवि पसंद नहीं हैं। कृपया अपनी कविताएं अपने पास रखें और मुझसे उन्हें पढ़ने के लिए मत कहिए।" उन्होंने मेरी बात चुपचाप और ध्यान से सुनी।

हनीमून से लौटने के बाद हमें अमेरिकी दूतावास में अपनी शादी का पंजीकरण करवाना था। लेकिन तब हमें पता चला कि मेरे बुसान में रहने वाले चाचा ने गलती से ग़लत फैमिली सर्टिफिकेट भेज दिया था। उन्होंने मेरी जगह मेरी बहन के नाम का सर्टिफिकेट भेज दिया था।

मेरे पति तुरंत ट्रेन से बुसान गए और अगले दिन सही सर्टिफिकेट लेकर लौटे। मेरी वापसी से ठीक एक दिन पहले, हम सियोल में अमेरिकी दूतावास में अपनी शादी का पंजीकरण करा पाए। वहाँ एक रजिस्ट्रेशन फ़ीस देनी थी, जिसके बारे में मुझे पहले से पता नहीं था। मैंने अपनी जेब खाली की और सौभाग्य से मेरे पास उतने ही पैसे थे जितने फ़ीस के लिए चाहिए थे—बस 10 सेंट बच गए। यही 10 सेंट मेरे पास थे, जब मुझे कोरिया से टोलेडो लौटना था। मैंने ख़ुद से सोचा, "क्या मैं 10 सेंट के साथ घर लौट सकती हूँ?" और फिर कहा, "क्यों नहीं?" कम से कम मेरे पास वापसी की फ़्लाइट टिकट और बस टिकट तो है।

मैं कोरिया से रवाना हुई और शिकागो के ओ'हेयर एयरपोर्ट पहुँची। वहाँ मेरी फ़्लाइट के उतरने और ग्रेहाउंड बस के रवाना होने के बीच कुछ घंटे का अंतर था। मैं कुछ समय एक मिशनरी के घर पर रुकी, जिन्होंने मुझे ग्रेहाउंड बस स्टेशन तक छोड़ा। रात काफ़ी हो चुकी थी, और बस रातभर चलती रही, लगभग 7-8 घंटे, कई जगह रुकते हुए। मैं बहुत भूखी थी। पिछली बार मैंने कोरियन एयरलाइंस की फ़्लाइट में कुछ खाया और पानी पिया था। अब आधे दिन से ज़्यादा समय बीत चुका था, और मैंने कुछ नहीं खाया था। जब बस रुकी, तो मैं कुछ ख़रीदने की स्थिति में नहीं थी। 10 सेंट से कुछ ख़रीद पाना मुमकिन भी नहीं था।

मेरे पीछे बस में जर्मन यात्रियों का एक समूह बैठा था। वे कुकीज़ खा रहे थे। मैंने हिम्मत करके एक जर्मन महिला से कहा, "Ich bin hunger" (मैं भूखी हूँ)। वह तुरंत समझ गईं और तुरंत मुझे दो कुकीज़ दे दीं। उस

समय, वे दो कुकीज़ मेरे लिए किसी जीवनदान से कम नहीं थीं। भले ही मेरी जर्मन सही नहीं थी, लेकिन उन्होंने मेरा मतलब समझ लिया।

आख़िरकार, मैं अमेरिका से $5 लेकर शादी करने के लिए निकली थी। मैंने उस व्यक्ति से शादी की जिसे परमेश्वर ने मेरे लिए चुना था और 10 सेंट के साथ वापस लौटी। लेकिन इन मुश्किलों के बावजूद, परमेश्वर ने हर क़दम पर मेरी ज़रूरतें पूरी कीं और सब कुछ संभव बनाया।

शुरुआत में मुझे यह तय करने में हिचक हो रही थी कि मुझे अपनी शादी की यह कहानी लिखनी चाहिए या नहीं, क्योंकि यह कोई बहुत शानदार या सुखद कहानी नहीं है। लेकिन फिर मैंने इसे साझा करने का फ़ैसला किया। मैं चाहती हूँ कि मेरी कहानी उन लोगों को सांत्वना दे, जिनके पास अपनी शादी या हनीमून के लिए पर्याप्त संसाधन नहीं हैं। यह दिखाने के लिए कि विश्वास और सरलता से सब कुछ संभव हो सकता है।

अध्याय 10:
अमेरिकी कॉलेज के छात्रों का मंत्रालय

मैं अपनी शादी के बाद कोरिया से टोलेडो वापस आ गई। यहाँ लौटने के बाद मुझे बाइबिल अध्ययन और रविवार की आराधना में दोबारा शामिल होना पड़ा। इस बीच, कोरिया से चार नई महिला मिशनरी भी आईं। वे सभी शादीशुदा थीं और अपने पतियों के अमेरिका आने का इंतज़ार कर रही थीं। हाफ बेसमेंट पहले ही तंग था, और वे तब तक वहीं रहीं जब तक उन्हें अपने अपार्टमेंट नहीं मिल गए।

मैं वही सब काम करती रही जो पहले से कर रही थी – पूरा समय नौकरी करना, बाइबिल पढ़ाना और रविवार को प्रचार करना। जैसे-जैसे चर्च के सदस्यों की संख्या बढ़ी, मुझे छोटे-बड़े कई मुद्दों को संभालना पड़ा। मेरा समय और ऊर्जा दोनों सीमित हो गए थे, और मुझे नेतृत्व और ताक़त की कमी महसूस होने लगी। मैं चाहती थी कि चर्च बढ़े, लेकिन जब चर्च बढ़ने लगा, तो काम का बोझ इतना बढ़ गया कि मुझे ख़ुद की सीमा का एहसास हुआ। अधिकांश लोगों के लिए एक फुल टाइम नौकरी करना ही काफ़ी होता है। लेकिन मैं एक नर्स की फुल टाइम नौकरी और एक पादरी के फुल टाइम काम दोनों एक साथ कर रही थी।

अदन के बगीचा में, परमेश्वर ने पुरुष को बगीचे का काम करने के लिए बनाया। पुरुष में पूरे हालात को समझने और यह जानने की ताक़त होती है कि क्या करना है। वहीं, परमेश्वर ने महिला को पुरुष की सहायक के रूप में बनाया। महिलाएं नाज़ुक, संवेदनशील और हर चीज़ पर

बारीकी से ध्यान देने वाली होती हैं। वह उस पुरुष का सहयोग करती हैं, जो बड़े स्तर पर काम करता है। इसलिए पुरुष को व्यापक प्रबंधन करने वाला और महिला को सूक्ष्म प्रबंधन करने वाली माना गया है।

मैंने इस सच्चाई को गहराई से अपने दिल में महसूस किया। यह कितना सच है। मैं एक सहायक के रूप में बनाई गई थी, लेकिन मैं पुरुष का काम कर रही थी। यह तब ठीक होगा जब मेरे पति मुख्य कार्यकर्ता के रूप में यहाँ आएंगे और मैं उनकी सहायक के रूप में काम करूंगी। मैं उनके आने और मंत्रालय का नेतृत्व संभालने का इंतज़ार करती रही। लेकिन इसमें लंबा समय लग गया, और वे लगभग एक साल बाद आए।

उनके आने के कुछ ही समय बाद, मेरे पति एक ईसाई सभा में गए, जहाँ उनकी मुलाक़ात एक युवा अमेरिकी व्यक्ति से हुई। मेरे पति ने उसे हमारे हाफ बेसमेंट में आने का निमंत्रण दिया। वह हमारे पास आया और उसे हमारा चर्च अच्छा लगा। उसने अपने दोस्तों को बुलाना शुरू किया। उसके कई दोस्त आए और उन्होंने अपने कॉलेज के दोस्तों को भी आमंत्रित किया। मेरे पति ने ख़ुद को परमेश्वर के वचनों को सिखाने और इन छात्रों को बाइबिल शिक्षक के रूप में तैयार करने में समर्पित कर दिया। मैंने भी महिला कॉलेज छात्रों को परमेश्वर के वचन सिखाए। अन्य महिला मिशनरियों ने भी अमेरिकी कॉलेज के छात्रों को पढ़ाने में अपना पूरा योगदान दिया। हमारे चर्च की स्थिति बदलने लगी। कोरियाई लोगों की जगह अब अमेरिकी कॉलेज के छात्र आने लगे। कोरियाई मध्यम आयु वर्ग के लोग चर्च छोड़ गए, लेकिन युवा कोरियाई चर्च में रहे और कॉलेज छात्रों की इस नई सेवा को अपनाया।

बाइबिल अध्ययन के लिए एक की जगह तीन टेबल लगाई गईं, ताकि तीन टीमें एक ही समय पर हाफ बेसमेंट में बाइबिल अध्ययन कर सकें। फिर भी, हमारे पास कोई फ़र्नीचर नहीं था। छात्र कार्पेट पर बैठकर या लेटकर आराम करते। चूँकि, वहाँ केवल एक ही जगह थी, इसलिए जब

भी हम खाना खाते, तो केवल अपने लिए खाना संभव नहीं था। हमने कमरे में मौजूद छात्रों को भी साथ में खाने का निमंत्रण दिया। लगभग हर रात हमने अपना खाना किसी न किसी के साथ बांटा था। अन्य चर्च के दरवाज़े अक्सर बंद रहते थे और केवल सप्ताहांत में खुलते थे। लेकिन हमारे हाफ बेसमेंट में छात्र कभी भी, 24/7 आ सकते थे।

एक रात, जब मेरे पति और मैं सो रहे थे, एक छात्र ने दरवाज़ा खटखटाया। मैंने दरवाज़ा खोला। उसने कहा कि उसे मेरे पति से कुछ बात करनी है। हमने लाइट जलाई, और वह अंदर आकर मेरे पति से बात करने लगा। मैं बस दीवार की तरफ मुड़ गई ताकि लाइट से बच सकूँ और दोबारा सो जाऊँ। उस दिन के बाद, मैंने रात को सामान्य तौर पर पहनने वाले कपड़ों में ही सोना शुरू कर दिया क्योंकि छात्र कभी भी, रात के किसी भी समय आ सकते थे। मैं उन्हें पजामे में अपने आपको नहीं दिखाना चाहती थी।

एक रविवार, मेरे पति रविवार की उपासना सेवा में प्रचार कर रहे थे। मैं कुर्सी पर बैठी थी। अचानक मेरा ध्यान बाईं ओर गया, और ज़मीन के स्तर की खिड़की के बाहर देखा कि एक युवा लड़का और लड़की एक-दूसरे को गले लगाए हुए लॉन पर लुढ़क रहे थे। मैंने जल्दी से अपना सिर अपने पति की ओर कर लिया ताकि उनका प्रचार विचलित न हो। कुछ देर बाद मेरी इच्छा हुई कि मैं फिर से देखूं कि वे अभी भी वहीं हैं या नहीं। जब मैंने फिर बाहर देखा, वे अभी भी लुढ़क रहे थे—दो शरीर और चार पैर आपस में उलझे हुए थे। यह दृश्य सिर्फ़ मैंने ही नहीं, बल्कि औरों ने भी देखा होगा। उस दिन मुझे रविवार के प्रवचन के शब्द तो याद नहीं रहे, लेकिन वह लुढ़कता हुआ जोड़ा मेरे दिल में एक छोटे वीडियो क्लिप की तरह गहराई से बस गया।

मैं हमारे उन छात्रों के लिए बेहद आभारी थी, जो ऐसे वातावरण में भी परमेश्वर की सच्चाई की तलाश कर रहे थे। वहाँ नशीली दवाओं का

ख़रीदना-बेचना आम बात थी। कम उम्र की लड़कियाँ गर्भवती हो जातीं और बच्चों को जन्म देतीं। ऐसे पतनशील माहौल में भी हमारे अनमोल बाइबिल छात्रों ने अपना दिल परमेश्वर के वचनों और प्रार्थनाओं में लगा रखा था। उन्होंने अपनी ज़िंदगी परमेश्वर को समर्पित करने का निर्णय लिया। वे सभी तमाम मज़ेदार गतिविधियों को ठुकरा कर रविवार को हमारे हाफ बेसमेंट में प्रभु की आराधना करने आते थे।

मेरी पहली बेटी का जन्म हुआ। एक छात्र को हाफ बेसमेंट में रहना इतना पसंद था कि वह रात में अपने घर ही नहीं जाता था। इस समस्या का हल निकालने के लिए हमने कमरे के बीच में एक चादर टांग दी। चादर के एक तरफ मेरे पति, मैं, और हमारी नन्हीं बेटी कार्पेट पर सोते थे, और दूसरी तरफ वह छात्र कंबल ओढ़कर कार्पेट पर सोता था। एक दिन मेरे पति ने मुस्कुराते हुए कहा, "उसका घर किसी महल जैसा है, लेकिन वह यहाँ फर्श पर सोना पसंद करता है।"

हमारे अमेरिकी छात्रों ने अपने पापों से पश्चाताप किया और बाइबिल शिक्षक के रूप में नई शुरुआत की। वे अब दूसरे छात्रों को परमेश्वर के वचन सिखाने लगे। हमने हाफ बेसमेंट में लगभग तीन साल बिताए। जब लोगों की संख्या इतनी बढ़ गई कि जगह कम पड़ने लगी, तो हमें वहाँ से शिफ्ट होना पड़ा। हमारा परिवार दूसरी मंज़िल पर एक दो-बेडरूम वाले डुप्लेक्स में रहने चला गया। यहाँ हमारे पास पहले से ज़्यादा जगह थी, और हमें अपना एक कमरा मिल गया। हालाँकि, नीचे रहने वाले किरायेदारों को हमारी आवाज़ों से परेशानी होने लगी।

एक बार हम क्रिसमस के भजन का अभ्यास कर रहे थे, तभी दरवाज़े पर दस्तक हुई। दरवाज़े पर पुलिस खड़ी थी। नीचे के किरायेदारों ने शोर की शिकायत पुलिस से कर दी थी। पुलिसवाले ने हमें चेतावनी दी, "अगर मैं फिर यहाँ आया, तो आप लोग सीधे जेल जाओगे।" मैं चाहती थी कि हम भजनों का अभ्यास रोक दें, लेकिन मेरे पति ने इसे जारी रखा। मज़े

की बात यह है कि पुलिस फिर कभी नहीं लौटी, भले ही हम अभ्यास करते रहे।

एक और घटना हुई। पुलिस फिर हमारे दरवाज़े पर आई, लेकिन इस बार एक अलग शिकायत लेकर। उन्हें रिपोर्ट मिली थी कि हमारे अपार्टमेंट से कोई मदद के लिए चिल्ला रहा है। असल में, एक भाई प्रार्थना कर रहा था। उसका प्रार्थना करने का तरीका कुछ अलग था—वह ज़ोर से "मदद करो!" चिल्लाता, फिर धीरे-धीरे प्रार्थना करता..., फिर अचानक ज़ोर से "मदद करो!", और फिर धीमी प्रार्थना। नीचे के किरायेदार ने केवल यह "मदद करो!" की आवाज़ें सुनीं और घबरा कर पुलिस बुला ली। हमने पुलिस को समझाया कि वह भाई परमेश्वर से मदद माँगते हुए प्रार्थना कर रहा था।

हमारे छात्रों ने अन्य छात्रों को बाइबिल शिक्षक के रूप में तैयार करना शुरू कर दिया। जैसे-जैसे छात्रों की संख्या बढ़ती गई, हमें एक बड़ी जगह की ज़रुरत महसूस हुई। चर्च बढ़ रहा था, लेकिन हमारे पास अपनी ख़ुद की जगह ख़रीदने के लिए पर्याप्त पैसा नहीं था। हमारे परिवार और चर्च को अब भी साथ रहना पड़ रहा था।

इस बार हमने एक बड़ा सिंगल हाउस किराए पर लिया। यह घर एक संपन्न इलाके में था। हमारा परिवार इस बड़े घर में रहने लगा, और चर्च भी हमारे साथ वहीं था। छात्रों की दर्जनभर कारें घर के सामने सड़क पर पार्क होती थीं। ये कारें पुरानी, जंग लगी हुई और लगभग कबाड़ जैसी थीं, जो अमीर पड़ोसियों की चमचमाती गाड़ियों के बीच बिल्कुल मेल नहीं खाती थीं। यह नज़ारा पड़ोसियों को ज़रूर खटकता होगा। आख़िरकार हमें पता चला कि पड़ोसियों ने एक वकील को हायर कर लिया था ताकि वे हमारे ख़िलाफ़ मुकदमा कर सकें। इस कानूनी समस्या से बचने के लिए हमें फिर से घर बदलना पड़ा। इस बार मेरे पति ने चर्च के लिए एक जगह ख़रीदने के बारे में सोचना शुरू किया।

उन्होंने कैंपस के पास एक तीन-मंज़िला घर देखा, जिसके चारों तरफ काफ़ी खाली जगह थी। चर्च ने इस घर के लिए एडवांस के तौर पर एक रकम जमा की। मुझे सही राशि याद नहीं है क्योंकि मैं इन मामलों में शामिल नहीं थी। अगले दो साल तक जो किराया हम देते, वह प्रिंसिपल अमाउंट में जोड़ा जाता। दो साल बाद चर्च को शेष राशि का इंतज़ाम करना था, चाहे वह लोन से हो या नकद में। इसे लैंड कॉन्ट्रैक्ट कहा जाता था। आख़िरकार चर्च ने इस तीन-मंज़िला घर को ख़रीद लिया, और हमने कानूनी पचड़े में पड़ने से पहले ही अमीर पड़ोसियों के इलाके को छोड़ दिया। यह घर चर्च के नाम पर ख़रीदा गया था। हमारा परिवार चर्च को किराया देता था। आख़िरकार चर्च को शांति मिली। अब हमारे पास अपनी जगह थी और हमारे चारों तरफ कोई और घर नहीं था। अब हम अपनी मर्ज़ी से गा सकते थे, प्रार्थना कर सकते थे, और ज़ोर से परमेश्वर की स्तुति कर सकते थे।

हम उस तीन-मंज़िला घर में तब तक रहे जब तक हमें एक समस्या का पता नहीं चला। वह घर लगभग 3 से 5 डिग्री तक झुका हुआ था। पैसे बचाने के लिए, मेरे पति ने ख़रीदारी से पहले घर का निरीक्षण कराने के लिए किसी होम इंस्पेक्टर को नहीं बुलाया था। शायद अगर इंस्पेक्टर होता, तो यह समस्या पहले ही सामने आ जाती। चर्च को एडवांस में दिया गया पैसा छोड़ना पड़ा और हमें फिर से वहाँ से शिफ्ट होना पड़ा। हमने उस घर में दो साल से अधिक समय बिताया था। मुझे लगता है कि इस वजह से लैंड कॉन्ट्रैक्ट रद्द हो गया और चर्च ने एडवांस का पैसा खो दिया। शायद चर्च वहाँ केवल किरायेदार के रूप में रहा। इस घटना के कारण कई कोरियाई मिशनरियों का मेरे पति पर से भरोसा उठ गया, क्योंकि उनकी वजह से चर्च का आर्थिक नुकसान हुआ था।

इसी दौरान, हमारा परिवार चर्च से अलग हो गया और एक किराये के घर में रहने लगा।

एक साल किराये के घर में बिताने के बाद, आख़िरकार हमने अपना ख़ुद का घर ख़रीद लिया। जब मैं पीछे देखती हूँ, तो मुझे याद आता है कि अपना घर ख़रीदने से पहले मैंने सात बार घर बदला।

इस बीच, मेरे पति ने एक खाली स्टोरेज बिल्डिंग खोजी, जिसके साथ पार्किंग की जगह भी थी। यह बिल्डिंग बड़ी थी, इतनी कि इसमें 150 से 200 लोग बैठ सकते थे। लेकिन यह बिल्डिंग बहुत जर्जर और रहने लायक नहीं थी। बारिश होने पर छत से पानी टपकता था। इसके बावजूद मेरे पति ने इस जगह की संभावनाओं को देखा। यह टोलेडो यूनिवर्सिटी के करीब थी, पार्किंग की जगह थी, और इसकी क़ीमत कम थी—सिर्फ़ $30,000। इसे ख़रीदने के लिए 10% एडवांस यानी $3,000 चाहिए था। पिछले तीन-मंज़िला घर के नुकसान का हवाला देते हुए कई कोरियाई मिशनरियों ने इस एडवांस के लिए पैसे देने से मना कर दिया। मजबूरी में, हमने अपना इकलौता पारिवारिक वाहन बेचने का फ़ैसला किया। मैंने अपने अस्पताल के अखबार में कार का विज्ञापन दिया, और मेरे एक सहकर्मी ने तुरंत उसे ख़रीद लिया। उस पैसे से मेरे पति ने बिल्डिंग और पार्किंग लॉट ख़रीद लिया।

हमारे अमेरिकी छात्र शानदार कारीगर और मरम्मत विशेषज्ञ निकले। कई भाइयों ने छत पर चढ़कर पुरानी छत को हटाया और उसकी जगह नई छत लगाई। आख़िरकार, चर्च को अपनी ख़ुद की जगह मिल गई। हाफ बेसमेंट से लेकर इस बिल्डिंग तक पहुँचने में 14 ½ साल का समय लग गया।

दूसरे मिशनरियों को जानने की उत्सुकता थी कि अमेरिकी कॉलेज के छात्रों के लिए यह मंत्रालय कैसे बना।

उन्होंने इसकी शुरुआत कैसे की? उन्होंने क्या किया? इसका रहस्य क्या है?

इसका जवाब 2 शमूएल 7:1-16 में है। जब राजा दाऊद देवदार की लकड़ी से बने महल में बस गए, तो उन्हें यह देखकर खेद हुआ कि प्रभु अभी भी एक तंबू में रहते थे, जबकि वह ख़ुद एक महल में थे। उन्होंने प्रभु के लिए एक घर बनाने की इच्छा व्यक्त की। उसी रात, प्रभु ने अपने हृदय की बात प्रकट की। प्रभु का हृदय दाऊद की इस भावना से छू गया। परमेश्वर ने कभी इस्राएलियों से यह नहीं कहा कि वे उनके लिए एक घर बनाएं। इस्राएली, जो महलों और भव्य घरों में रहते थे, उन्होंने परमेश्वर के बारे में नहीं सोचा, जो तंबू में रहते थे। केवल दाऊद ने इस बात की चिंता की कि परमेश्वर तंबू में रह रहे थे। दाऊद का यह प्रेम परमेश्वर के दिल को गहराई से छू गया।

परमेश्वर ने दाऊद की इच्छा को स्वीकार किया, लेकिन वह नहीं चाहते थे कि दाऊद उनके लिए घर बनाए। दाऊद को यह काम करने के लिए उपयुक्त नहीं माना गया क्योंकि वह एक योद्धा थे और उन्होंने बहुत खून बहाया था (1 इतिहास 28:3)। परमेश्वर ने सुलैमान को यह काम सौंपा, जो उस समय तक पैदा भी नहीं हुए थे (2 शमूएल 7:13)। मुझे नहीं पता कि परमेश्वर ने यह निर्णय कब लिया था, लेकिन 20-30 साल बाद सुलैमान ने प्रभु के लिए मंदिर बनाना शुरू किया।

तो सुलैमान ने मंदिर बनाया।

उसने शुरुआत कैसे की? उसने क्या किया? इसका रहस्य क्या था?

लेकिन सच्चाई यह है कि परमेश्वर ने मंदिर का निर्माण पहले ही तय कर लिया था, सुलैमान के जन्म से भी पहले (2 शमूएल 7:12)। यह निर्णय परमेश्वर और दाऊद के बीच हुआ था। यह इसलिए तय हुआ क्योंकि दाऊद के परमेश्वर के प्रति प्रेम ने प्रभु के दिल को छू लिया था।

मैं यह कहने की कोशिश कर रही हूँ कि परमेश्वर ने अमेरिकी कॉलेज के छात्रों के मंत्रालय का फ़ैसला भी पहले ही कर लिया था, मेरे पति के

टोलेडो पहुँचने से पहले, यहाँ तक कि हमारी शादी से भी पहले। परमेश्वर ने अपना यह निर्णय यंग के एक स्वप्न के माध्यम से प्रकट किया। यंग और मुझे पता था कि कॉलेज छात्रों का मंत्रालय आने वाला है, लेकिन यह हमारे द्वारा नहीं, बल्कि किसी और उपयुक्त व्यक्ति के माध्यम से होगा। मैं एक नर्स थी और यंग एक नर्स ऐड थी। हम युवा कॉलेज छात्रों के लिए उपयुक्त नहीं थे।

तो आख़िर किस बात ने प्रभु के दिल को छुआ, जिससे उन्होंने हमें कॉलेज छात्रों का मंत्रालय सौंपा? क्या यह इसलिए था कि मैंने अस्पताल से डिस्चार्ज होने के बाद बाइबिल अध्ययन के लिए अपने बाएँ पैर से गाड़ी चलाई? क्या यह इसलिए था कि मैं नाश्ता, दोपहर और रात के खाने की परवाह किए बिना बाइबिल सिखाती रही? क्या यह इसलिए था कि यंग और मैं हर रात 1 बजे तक कैंपस मंत्रालय के लिए प्रार्थना करते रहे?

मुझे नहीं पता। जब मैं स्वर्ग जाऊँगी, तो यह सवाल प्रभु से पूछना चाहूँगी। वैसे भी, मेरे पति के आने से पहले ही, दो साल से भी ज़्यादा समय की प्रार्थनाएं जमा हो चुकी थीं।

मंत्रालय की शुरुआत परमेश्वर के हृदय से होती है। जब हमारा प्रेम, हमारा विश्वास, हमारी प्रार्थनाएं, और हमारे बलिदान प्रभु के दिल को छूते हैं, तब परमेश्वर यह तय करते हैं कि इसे उपयुक्त व्यक्ति और सही समय के माध्यम से पूरा किया जाए। यह किसी भी मानवीय प्रयास से नहीं होता।

लेकिन मेरे पति को चर्च के लीडर के साथ समस्या हो गई। चर्च के लीडर ने उन्हें शिकागो मुख्यालय बुलाया। जब मेरे पति शिकागो में थे, टोलेडो के एक मिशनरी ने ख़ुद को टोलेडो चर्च का नया निदेशक घोषित कर दिया। अगले दिन, वह नया निदेशक हमारे घर आया और हमें यह

कह दिया कि अब हम रविवार की उपासना सेवा में न आएं। मेरे पति को यह भी पता नहीं था कि उन्हें हटा दिया गया है और मंत्रालय किसी और को सौंप दिया गया है।

अध्याय 11:
शानदार महासागर

मेरा होमटाउन मोकपो, जो एक बंदरगाह शहर है, कोरियाई प्रायद्वीप के दक्षिण-पश्चिमी कोने में स्थित है। इस क्षेत्र में कई छोटे-छोटे द्वीप हैं, और इन द्वीपों से मोकपो तक कई जहाज़ आते हैं। हर गर्मियों में समुद्र से जुड़ी दुर्घटनाओं की ख़बरें सुनने को मिलती थीं, जैसे डूबने की घटनाएं या जहाज़ पलटने की समस्याएं। इन हादसों में अधिकतर महिलाएं और बच्चे शामिल होते थे, जिन्हें तैरना नहीं आता था।

मेरे पिता को लगा कि मुझे तैरना सीखना चाहिए। उस समय मैं मुश्किल से 5 या 6 साल की थी। एक दिन उन्होंने मुझे समुद्र किनारे ले जाने का फ़ैसला किया। समुद्र तक पहुँचने के लिए हमें युदल पर्वत पार करना पड़ता था। जब हम वहाँ पहुँचे, तो उन्होंने मुझे एक ऊँची चट्टान पर बैठा दिया और ख़ुद गहरे पानी में तैरने चले गए। उनका तरीका अनोखा था—वह चाहते थे कि मैं उन्हें देखकर तैरना सीखूँ। चट्टान से गहरे समुद्र को देखना मेरे लिए डरावना था। लेकिन तैरने की चिंता से ज़्यादा, मुझे अपने पिता की सुरक्षा की चिंता थी।

कुछ हफ़्तों बाद, मेरे पिता मुझे फिर समुद्र किनारे ले गए। इस बार हम उथले पानी में गए, जहाँ छोटे-छोटे बच्चे सुरक्षित खेल रहे थे। मैंने वहाँ लहरों के साथ दौड़ने, कूदने और मस्ती करने में खूब मज़ा किया।

द हाफ बेसमेंट

जब मेरे पिता मुझे फिर से समुद्र किनारे ले गए, तो इस बार मैं घर से एक छोटा आयताकार प्लास्टिक ट्यूब ले आई, जो तकिए के आकार का था। मैंने उसमें मुँह से हवा भर दी, दोनों हाथों से कसकर पकड़ा, और पानी में तैरने लगी। यह ट्यूब तैराकी के लिए नहीं बना था, लेकिन पानी में मेरा वज़न संभालने के लिए यह काफ़ी था। इस ट्यूब के साथ खेलना और भी मज़ेदार हो गया। मैं अपने पैरों को लगातार हिलाते हुए समुद्र के बड़े हिस्से में घूमने लगी, लेकिन हमेशा उथले पानी में रहने की कोशिश करती, क्योंकि मुझे तैरना नहीं आता था।

कभी-कभी, मैं पानी की गहराई जाँचने के लिए अपने पैरों को नीचे डुबोती। ट्यूब को कसकर पकड़े हुए, मैं अपने पैरों से यह देखती कि क्या वे समुद्र की तली को छू सकते हैं। अगर मेरे पैर तली तक नहीं पहुँच पाते, तो मैं तुरंत वापस उथले पानी में आ जाती। कुछ साल इसी तरह बीत गए। मुझे तैरना अभी भी नहीं आया, लेकिन समुद्र किनारे खेलना मेरी सबसे पसंदीदा चीज़ बन गई।

पानी में मस्ती करते हुए, मुझे समुद्र की तली अपनी आँखों से देखने की इच्छा हुई। मैं पानी में नीचे जाना चाहती थी, लेकिन मेरा शरीर पानी में नीचे जाने के बजाय बस तैरता रहता था। मैं सोचने लगी, "मैं समुद्र का तल देखना चाहती हूँ, लेकिन नीचे कैसे जाऊँ? मेरा शरीर तो बस तैरता ही रहता है।" कई बार असफल होने के बाद मुझे समझ में आया कि मुझे सिर के बल गोता लगाना होगा, जैसा कि दूसरे बच्चे कर रहे थे। मैंने उनकी तरह ही करने का फ़ैसला किया। मैंने गहरी साँस ली, अपने शरीर को पानी के ऊपर से सीधा ऊपर उठाया और अपने दोनों हाथों और सिर को पानी में नीचे की ओर कर लिया। आख़िरकार, मैं सफल हो गई और पानी में नीचे जाकर नंगी आँखों से समुद्र की तली देख पाई। समुद्र का तल देखने के साथ-साथ, मैंने वहाँ बच्चों के बहुत सारे पैर भी देखे, जो पानी में खेल रहे थे। यह अनुभव मेरे लिए बेहद ख़ास और यादगार था।

एक और बार, जब मैं समुद्र किनारे पानी में ट्यूब के साथ खेल रही थी, मैंने पानी की गहराई मापने के लिए अपने पैर नीचे डाले। लेकिन मेरे पैर समुद्र के तल तक नहीं पहुँचे। तभी मुझे एहसास हुआ कि मैं गहरे पानी में पहुँच गई हूँ। अचानक, मेरे अंदर डर का एहसास हुआ। और उसी पल, मेरा शरीर सीधा पानी में नीचे जाने लगा, जैसे कोई पत्थर पानी में गिरता है। मैंने घबराते हुए अपनी छोटी ट्यूब को दोनों हाथों से कसकर पकड़ा और जितनी तेज़ी से हो सका, अपने पैरों को हिलाते हुए उथले पानी की ओर बढ़ने लगी।

आख़िरकार, मैं सुरक्षित समुद्र किनारे पहुँच गई। लेकिन इस अनुभव ने मेरे मन में एक बड़ा सवाल खड़ा कर दिया। जब मैं पानी में मस्ती कर रही थी, मेरा शरीर आराम से पानी पर तैर रहा था, और नीचे जाने के लिए मुझे गोता लगाना पड़ता। लेकिन जब मुझे डर लगा, मेरा शरीर सीधे पानी में डूबने लगा। ऐसा क्यों हुआ? पानी का खारापन तो वही थी। मेरे शरीर का वज़न और आकार भी वैसा ही था।

फ़र्क़ सिर्फ मेरे अनुभव का था—मस्ती और डर। जब मैं मस्ती कर रही थी, मेरा शरीर पानी पर तैरता रहा। लेकिन जैसे ही मुझे डर लगा, मेरा शरीर सीधे पानी में नीचे चला गया। यह कैसे संभव है?

क्या डर ने सिर्फ़ मेरे दिमाग़ को नहीं, बल्कि मेरे शरीर को भी प्रभावित किया? क्या डर ने मेरे शरीर को भारी बना दिया? इन सवालों के जवाब पाने के लिए मैंने बाद में ख़ुद पर प्रयोग किया। और मुझे यह समझ आया कि डर सचमुच मेरे शरीर को पानी में डूबा देता है। लेकिन डर ऐसा क्यों करता है? यह सवाल मेरे मन में गहराई तक अटका रह गया। फिर मैंने अपने होमटाउन और समुद्र को अलविदा कह दिया, लेकिन इस सवाल का जवाब आज तक नहीं मिला। यह सवाल मेरे जीवन की एक पहेली बनकर रह गया।

फिर भी, मैंने समुद्र से जीवन के लिए एक बहुत ही मूल्यवान सबक सीखा: "समुद्र में ख़तरे का सामना करते समय, सबसे पहले डर पर काबू पाओ।" डर समुद्र में मौत का एक बड़ा कारण हो सकता है। लोग तब मर जाते हैं, जब उन्हें मरना नहीं चाहिए, सिर्फ़ डर के कारण। डर लोगों को इस हद तक जकड़ लेता है कि वे बचने का मौका भी खो देते हैं।

आख़िरकार, मैंने तैरना सीख ही लिया। उथले पानी में कई बच्चे अपने हाथ-पैर इधर-उधर चलाते हुए खेल रहे थे। तभी एक कोस्ट गार्ड या समुद्री पुलिसकर्मी वहाँ आया और हमें खेलते हुए देखने लगा। पूरे समुद्र तट पर केवल वही थे जिन्होंने गॉगल्स पहने हुए थे। उन्होंने कहा कि हम ग़लत तरीके से तैर रहे हैं। हमने उनसे तैरना सिखाने का अनुरोध किया।

वहाँ पास में ही एक स्विमिंग पूल था, जिसका उपयोग लोग शुल्क देकर कर सकते थे। लेकिन उन्होंने हमें मुफ़्त में उस पूल में ले जाकर तैरने के सही तरीके सिखाए। उन्होंने बताया कि हाथों और पैरों को सही समन्वय में कैसे चलाना है और पानी के प्रतिरोध को कैसे कम करना है। मैंने उनकी बातों को कई बार दोहराया और आख़िरकार मुझे तैरना आ गया। मेरी चाहत सिर्फ़ तेज़ तैरने की नहीं थी, बल्कि एक ख़ूबसूरत तैराकी शैली विकसित करने की थी। मैं लंबे समय तक अपने हाथ-पैरों को बेतरतीब तरीके से चलाकर पानी में छींटे मारती थी। लेकिन अब मैंने ध्यान दिया कि मेरी तैराकी का अंदाज़ भी सुंदर हो। मुझे यह आकर्षक तैराकी शैली ओलंपिक तैराकों से नहीं, बल्कि हॉलीवुड फ़िल्मों से मिली। हॉलीवुड फ़िल्मों में बेहतर तैराकी दिखाने का मकसद फ़िल्म को और आकर्षक बनाना होता है। जब भी मैंने किसी फ़िल्म में बेहतरीन तैराकी शैली देखी, तो मैंने उसे बार-बार अभ्यास करके अपनी शैली में ढाल लिया।

समुद्र विशाल और कठोर है। मैं उसमें बस एक मछली की तरह तैर रही थी। समुद्र में, कुछ ही सेकंड में जीवन ख़त्म हो सकता है। समुद्र में सुरक्षा सबसे अहम है।

समुद्र में सबसे बुनियादी सुरक्षा यह जानना है कि ज्वार का स्तर क्या है। क्या यह उच्च ज्वार है या निम्न ज्वार?

उच्च ज्वार के दौरान, समुद्र का पानी तट की ओर बढ़ता है और तैराकों को तट की तरफ़ ले आता है। वहीं निम्न ज्वार के दौरान, समुद्र का पानी तट से दूर जाता है और तैराकों को तट से दूर ले जाता है। निम्न ज्वार के समय, मैं तटरेखा के समानांतर एक सुरक्षित दूरी में तैरती थी। वास्तव में, मैं हमेशा 10-15 डिग्री तट की ओर झुककर तैरती थी, ताकि मैं तट के साथ समानांतर बनी रहूँ। उच्च ज्वार के दौरान, मैं सीधे समुद्र की ओर तैरती थी। फिर भी, लहरें मुझे तट की ओर ले आती थीं, और मुझे आसानी से तट पर लौटने में मदद मिलती थी।

लेकिन कई लोग निम्न ज्वार के समय सीधे समुद्र की ओर तैरते हैं। उन्हें लगता है कि वे बहुत तेज़ तैर रहे हैं। लेकिन यह उनकी गति नहीं होती; लहरें उन्हें तेज़ी से आगे ले जाती हैं। समस्या तब होती है जब उन्हें तट पर वापस लौटना पड़ता है। तब उन्हें बेहद कठिन मेहनत करनी पड़ती है।

मैंने सप्ताहांत और गर्मियों की छुट्टियों में अकेले समुद्र जाना शुरू कर दिया। घर पर मैं स्विमसूट पहनती और उसके ऊपर सामान्य कपड़े डाल लेती। मैं पानी या स्नैक्स लेकर नहीं जाती थी, क्योंकि मेरा मकसद सिर्फ़ तैरना था। मेरा घर शहर के मुख्य इलाके के पास था। मैं युदल पर्वत को पार करके समुद्र तक जाती थी। यह एक लंबा रास्ता था। समुद्र किनारे पहुँचने पर, मैं अपनी टी-शर्ट और स्कर्ट उतारती और उन्हें एक जगह रख देती। फिर मैं सीधे समुद्र में कूद जाती। मैं तब तक तैरती रहती, जब तक

थकान महसूस नहीं होती। थकने पर मैं पीठ के बल लेटकर बैकस्ट्रोक की स्थिति में आ जाती। पानी पर लेटे हुए, मैं धीरे-धीरे अपने हाथ-पैर चलाकर आराम करती, ताकि पानी पर तैरती रहूँ। मैं समुद्र में तैरने और आराम करने का यह चक्र बार-बार दोहराती। एक बार मैंने समय मापा कि मैं पानी में कितनी देर रहती हूँ। जब मैंने समुद्र में कूदने से लेकर बाहर निकलने तक का समय देखा, तो पाया कि मैं लगभग दो घंटे तक पानी में रही। उसके बाद, मैं अपने गीले स्विमसूट पर कपड़े पहन लेती और लंबा रास्ता पार करके घर लौट आती।

एक दिन जब मैं समुद्र में तैर रही थी, अचानक मेरे एक पैर में भयंकर ऐंठन होने लगी। दर्द और जकड़न के कारण मैं तैर नहीं पा रही थी। मैं समुद्र तट से बहुत दूर अकेली थी। सबसे पहले, मुझे अपने डर पर काबू पाना था। मैंने ख़ुद से कहा, "मैं ठीक हो जाऊंगी। मुझे इस पर काबू पाना है।"

ख़तरे के बीच, मेरे दिल में डर की जगह आत्मविश्वास ने ले ली। मैंने बैकस्ट्रोक की स्थिति में ख़ुद को पानी पर तैरते रहने की कोशिश की। अपने एक हाथ से पानी में हल्की हलचल करके मैं सतह पर बनी रही। मैंने अपने ऐंठन वाले पैर को पानी से बाहर निकाला और दूसरे हाथ से उसे मसाज करना शुरू किया। कभी-कभी, जल्दी राहत के लिए दोनों हाथों का इस्तेमाल किया। लगातार मसाज करने के बाद, मेरे पैर की ऐंठन आख़िरकार खत्म हो गई। मुझे तैरते समय पैर में ऐंठन आना बिल्कुल पसंद नहीं था, लेकिन यह फिर भी हो जाता था। यह स्थिति बेहद ख़तरनाक थी क्योंकि यह अचानक और बिना किसी चेतावनी के आती थी। गहरे पानी में तैरते हुए, यह अनुभव जानलेवा भी हो सकता था।

समुद्र तट पर, तैराकी के लिए एक सुरक्षित क्षेत्र को चिह्नित करने के लिए रस्सी को बोयाओं के साथ बाँधा गया था। तैराकों को इस रस्सी

के भीतर रहना अनिवार्य था। मैं हमेशा इस रस्सी के पास तैरती थी और कभी इसे पार नहीं करती थी। लेकिन अचानक, मुझे पेट में तेज़ दर्द का अनुभव हुआ। दर्द इतना असहनीय था कि मैं अपना संतुलन खो बैठी और पानी में लुढ़कने लगी। मैं लगभग बेहोश हो गई थी। बड़ी मुश्किल से, मैंने रस्सी के पास पहुँचकर उसे पकड़ लिया। जैसा कि मैंने पहले किया था, मैंने फिर से ख़ुद से कहा, "मैं ठीक हो जाऊंगी। मैं इसे संभाल लूंगी।" रस्सी को एक हाथ से पकड़े हुए, मैंने अपने दूसरे हाथ से पेट की मालिश शुरू की। धीरे-धीरे, दर्द कम होने लगा। मैंने कुछ देर तक रस्सी पकड़कर वहीं आराम किया।

यह सब क्यों हुआ? मुझे समझ नहीं आया कि मेरे साथ ऐसा क्यों हुआ। मेरा स्विमसूट फटा नहीं था, और मेरे पेट पर कोई चोट या निशान भी नहीं था। क्या यह किसी इलेक्ट्रिक ईल का झटका था? क्या यह किसी जेलीफ़िश का हमला था? मेरा सबसे अच्छा अनुमान यह था कि शायद किसी बड़ी मछली ने अपने नुकीले मुँह से मेरे पेट पर टक्कर मारी थी। हो सकता है कि मैं तेज़ तैर रही थी और मछली भी उसी गति से मेरे सामने आ गई। या शायद मछली ने मुझे अपना शिकार समझकर काटने की कोशिश की हो। मुझे यह सोचकर झटका लगता है कि अगर वह रस्सी वहाँ नहीं होती, तो मैं कैसे बच पाती। समुद्र अनजाने ख़तरों से भरा हुआ है।

समुद्र में कई अनजाने ख़तरे होने के बावजूद, मेरा रोमांच का जुनून कम नहीं हुआ। मैं हर बार समुद्र को और अधिक चुनौती देना चाहती थी। मुझे ऐसा लगता था कि पूरा समुद्र मेरा है, जैसे यह सिर्फ़ मेरे लिए ही बनाया गया हो। मैं इसे पूरी तरह से जी रही थी। जहाँ लोग केवल छोटे सुरक्षित क्षेत्रों में तैरते थे, वहीं मैं दूर और नए क्षेत्रों को तलाशने का साहस करती थी।

एक दिन, मैं समुद्र तट के एक दूरस्थ हिस्से में तैर रही थी। यह तटरेखा का ही हिस्सा था, लेकिन ऐसा लग रहा था जैसे वह इलाका पूरी तरह से सुनसान और जंगली घास से ढका हुआ हो। वहाँ शायद ही कोई जाता था। मैंने तटरेखा के समानांतर तैरते हुए उस इलाके को एक्सप्लोर करने का फ़ैसला किया। तैरते समय, अचानक मेरे पैरों में तेज़ दर्द महसूस हुआ। हर बार जब मैं अपने पैर हिलाती, ऐसा लगता जैसे किसी नुकीली चीज़ ने मेरे पैरों को खरोंच दिया हो। यह क्या हो रहा है? तब मैंने महसूस किया कि मैं समुद्री घास के एक बड़े क्षेत्र में तैर रही हूँ। वहाँ पूरी सतह पर समुद्री घास फैली हुई थी, जो पानी के नीचे लगभग आधा फुट की गहराई तक थी। इन समुद्री घासों पर छोटी-छोटी सीपियाँ चिपकी हुई थीं, और इन्हीं सीपियों की वजह से मेरे पैर खरोंच रहे थे।

समुद्री घासों के ऊपर का पानी बिल्कुल दलदली पानी जैसा था, जो हिलता-डुलता नहीं था। ऐसे पानी में तैरने का सामान्य सिद्धांत काम नहीं करता। तैराकी का सिद्धांत यह है कि जब शरीर पानी को पीछे की ओर धकेलता है, तो वह आगे की ओर बढ़ता है। लेकिन समुद्री घासों के ऊपर यह सिद्धांत काम नहीं कर रहा था। आम तौर पर, कुछ तैराकी स्ट्रोक्स के बाद मैं कई गज आगे बढ़ जाती। लेकिन यहाँ, समुद्री घासों के ऊपर, मैं सिर्फ़ कुछ फीट ही आगे बढ़ पा रही थी। तब मुझे एहसास हुआ कि मैं समुद्री घासों के जाल में फँस गई हूँ और यह एक असली ख़तरा है। वहाँ कोई नहीं था जिससे मैं मदद माँग सकूँ।

सबसे पहले मुझे अपने डर पर काबू पाना था। मैंने ख़ुद से कहा, "मैं ठीक हो जाऊंगी। मैं इस स्थिति से बाहर निकल सकती हूँ।" मेरी दृढ़ता ने मेरे दिल में डर की जगह ले ली। मुझे वहाँ से बाहर निकलना था। लेकिन सवाल था कि किस दिशा में तैरना चाहिए? मुझे यह पता लगाना था कि समुद्री घास के इस क्षेत्र से बाहर निकलने का सही रास्ता कौन सा है। मैंने गौर किया कि समुद्री घास वाले हिस्से का पानी बाकी समुद्र के मुकाबले थोड़ा गहरा दिख रहा था। यही सुराग मेरी सुरक्षा के लिए ज़रुरी

था। मुझे हल्के रंग के पानी की दिशा पहचाननी थी और उसी ओर तैरना था। उस हल्के रंग वाले पानी की दिशा देखने के लिए मुझे अपने शरीर को ऊपर उठाना पड़ा। मैंने ख़ुद को सीधा ऊपर धकेला, लेकिन यह देखने के लिए मेरे पास बहुत कम समय था। मैं सिर्फ़ एक दिशा देख पाई, और फिर मेरा शरीर वापस समुद्री घास में डूब गया। जब मेरा शरीर नीचे गया, तो छोटी-छोटी सीपियों ने मेरे पैरों को बुरी तरह खरोंच दिया। यह पूरी तरह से यातना जैसा था। मैंने फिर से ऐसा किया, और अगली दिशा को देखा। यह प्रक्रिया मैंने बार-बार दोहराई। आख़िरकार, मैंने हल्के रंग वाले समुद्र के पानी को एक दिशा में देखा। मुझे पता चल गया कि मुझे किस ओर तैरना है।

मैंने उस दिशा में तैरना शुरू किया। लेकिन हर स्ट्रोक के साथ मैं मुश्किल से एक फुट आगे बढ़ पाती थी। मेरे पैरों पर तेज़ खरोंचों का दर्द असहनीय था। यह जीने और मरने का संघर्ष था। जीवित रहने के लिए मुझे हल्के रंग वाले पानी की ओर तैरते रहना था। मेरे पास कोई और रास्ता नहीं था। कोई शॉर्टकट नहीं था। यदि मैं रुक जाती, तो इसका मतलब था, मौत। हर दर्दनाक स्ट्रोक मेरे जीवन के प्रति मेरी दृढ़ता का प्रतीक था। हर स्ट्रोक मुझे जीवन के एक क़दम करीब ला रहा था। मैंने ख़ुद से कहा, "मैं ज़िंदा रहूंगी, मैं नहीं मरूंगी।" आख़िरकार, मैंने समुद्री घास के उस हिस्से से निकलकर हल्के रंग के पानी में प्रवेश किया।

मैं तट तक वापस तैरकर पहुँची, जहाँ मैंने अपने कपड़े रखे थे। पानी से बाहर निकलते ही मैं ज़ोर से चिल्लाई,

"मैं ज़िंदा हूँ! मैं ज़िंदा हूँ! मैं ज़िंदा हूँ!"

लोग अपने रोज़मर्रा के कामों में व्यस्त थे। दुनिया वही थी, लेकिन मैं वही नहीं थी। मेरे लिए अब दुनिया वैसी नहीं रही। मैंने अभी-अभी ऐसा कुछ झेला और महसूस किया था, जिसका अंदाज़ा दुनिया को नहीं है। मैं

जीवन और मृत्यु के बीच झूल रही थी। मैंने उस संघर्ष को जीया, जिसमें मैंने अपनी ज़िंदगी वापस पाई। जब मेरी उम्र की लड़कियाँ अपने घरों में गुड़ियों से खेल रही थीं, मैं जीवन और मृत्यु के बीच लड़ाई लड़ रही थी।

यह अनुभव सिर्फ़ एक बार का था, लेकिन मैंने इसे अपनी पूरी ज़िंदगी में इस्तेमाल किया, ख़ासकर जब मैं आध्यात्मिक संघर्षों में लगी रही।

रुकना मौत के समान है। जीवन का मतलब हर इंच आगे बढ़ना है, चाहे वह कितना भी दर्दनाक क्यों न हो। हर प्रार्थना का भारी बोझ हमें जीत के एक क़दम और करीब ले जाता है। जीवन केवल जीने का नाम नहीं है, जो हमें दिया गया है। जीवन वह है, जिसे जीवन और मृत्यु के संघर्ष से फिर से हासिल किया जाता है। मैं एक योद्धा हूँ, जिसे समुद्र ने प्रशिक्षित किया है।

पर्वत के पीछे वाला समुद्र तट ही एकमात्र समुद्र तट नहीं था। एक और समुद्र तट एक द्वीप पर था, और वहाँ जाने के लिए यात्रियों को एक यात्री नाव से आना-जाना पड़ता था, जिसका किराया देना होता था। मेरी एक बहन ने गर्मियों में एक नौकरी की थी और वह वहाँ के लॉकर रूम में काम करती थी। वह दूसरे कर्मचारियों के साथ सुबह जल्दी ही द्वीप के लिए निकल गई थी। मैं दोपहर बाद निकली। मैंने किराया चुकाया और नाव में सवार हो गई। यह लकड़ी की बनी एक मोटर चालित नाव थी, जिसकी लंबाई लगभग 50-60 फीट थी। नाव में 30-40 यात्री थे। नाव बंदरगाह से रवाना हुई और द्वीप की ओर बढ़ने लगी। मुझे यह नहीं पता था कि वहाँ पहुँचने में कितना समय लगेगा, लेकिन लगभग डेढ़ घंटे का सफ़र था।

नाव खुले समुद्र में पहुँच गई थी। चारों दिशाओं में दूर-दूर तक कोई द्वीप नज़र नहीं आ रहा था। मैं नाव के किनारे खड़ी थी, जब मैंने एक बहुत ही अजीब और अविश्वसनीय दृश्य देखा। समुद्र की सतह पर कोई

लहर नहीं थी। पानी की सतह बिल्कुल चिकनी और रेशम जैसी थी, जैसे कहीं पानी गिरा हो और वह पूरी तरह समतल हो गया हो। यह चिकनी सतह इतनी विशाल थी कि जहाँ तक मेरी नज़र जा सकती थी, वहाँ तक कोई लहर नहीं दिख रही थी। और यह विशाल चिकना क्षेत्र घूम रहा था, बिल्कुल वैसे जैसे एक लट्टू घूमता है। हमारी नाव उस घूमते हुए पानी के किनारे फँस गई थी। मोटर इंजन चलने के बावजूद, नाव उस घूमते पानी से बाहर नहीं निकल पा रही थी। वहीं दूसरी तरफ़, ज़्यादा दूर नहीं, सामान्य समुद्र की लहरें दिखाई दे रही थीं। यह सब मेरे लिए बहुत अजीब और अनसुना था।

समुद्र लट्टू की तरह घूम रहा था। मैं यह नहीं बता सकती थी कि इस घूमते क्षेत्र का व्यास कितना बड़ा था। यह शायद मीलों और मीलों दूर तक फैला हुआ था। घूमने की ताकत नाव के मोटर इंजन की शक्ति से कहीं ज़्यादा थी, और यह मोटरबोट को ऐसे घुमा रही थी जैसे लकड़ी के एक छोटे टुकड़े को घुमा रही हो। मुझे यक़ीन था कि जहाज़ के कप्तान और चालक दल इस स्थिति के बारे में जानते थे। लेकिन यात्रियों को इसका एहसास नहीं था। वे आपस में सामान्य बातचीत कर रहे थे, और जहाज़ पर कोई घबराहट नहीं थी।

मैंने उम्मीद की कि जहाज़ इस घूमते पानी से बाहर निकल जाएगा। लेकिन समय बीतता गया, और मुझे चिंता होने लगी। मैंने ख़ुद को किसी संभावित आपदा के लिए तैयार करना शुरू कर दिया। मुझे डर था कि जहाज़ का ईंधन ख़त्म हो सकता है या वह टूटकर टुकड़े-टुकड़े हो सकता है। जहाज़ के किनारों पर आपातकालीन स्थिति के लिए कई रबर ट्यूब बंधे हुए थे। मुझे यक़ीन था कि सबसे पहले मज़बूत लोग इन्हें पकड़ लेंगे। मैंने लकड़ी के एक टुकड़े की तलाश शुरू की, जिसे मैं पकड़ सकूँ। मैं उसके पास खड़ी रही, ताकि ज़रुरत पड़ने पर मैं उसे सबसे पहले पकड़ सकूँ। लेकिन मेरे मन में एक और डरावना ख़्याल आया—क्या हो अगर यह घूमता हुआ महासागर सबकुछ अपने अंदर खींच ले, जैसे कोई काला छेद

सब कुछ निगल जाता है? ऐसे में किसी के बचने की कोई संभावना नहीं होगी। मैं इसे "समुद्र का ब्लैक होल" कहूँगी।

आख़िरकार, जहाज़ घूमते हुए पानी से निकलने में सफल हो गया और सामान्य समुद्र के पानी में आ गया। मेरे लिए, जहाज़ के कप्तान और चालक दल ने एक साहसिक और सराहनीय काम किया। जहाज़ आख़िरकार उस द्वीप पर पहुँचा, जहाँ एक ख़ूबसूरत समुद्र तट था।

उस समुद्र तट पर मैंने निम्न ज्वार के एक दुर्भाग्यपूर्ण शिकार को देखा। रेत पर एक लकड़ी का डाइविंग बोर्ड बना हुआ था, जो तट पर स्थिर था। उच्च ज्वार के दौरान, पानी का स्तर डाइविंग बोर्ड की आधी ऊँचाई तक पहुँच जाता था, लेकिन निम्न ज्वार में पानी बहुत उथला हो जाता था। एक युवक ने निम्न ज्वार के दौरान डाइविंग बोर्ड से छलांग लगाई और उसका सिर उथले पानी के तल से टकरा गया। लोगों ने उसे तुरंत पानी से बाहर निकालकर रेत पर लिटा दिया। वह हिल नहीं पा रहा था, लेकिन हाँ या ना में जवाब दे रहा था। उसके चारों ओर दर्जनभर लोग खड़े होकर चिंतित थे। यह दृश्य मेरे लिए देखना बहुत मुश्किल था। मैं वहाँ से चुपचाप वापस चली आई। इस दूर-दराज़ के द्वीप पर न तो कोई प्राथमिक चिकित्सा थी, न डॉक्टर, न कोई हेलीकॉप्टर बचाव, और न ही मोबाइल फोन। उस घायल युवक को मेरे होमटाउन लौटने वाले अगले जहाज़ का इंतज़ार करना पड़ा।

समुद्र में तैरते हुए, मैं ख़ुद को मछली की तरह महसूस करती थी। मछलियाँ तैरती हैं भोजन की तलाश में, लेकिन उनकी आँखें हर समय अनदेखे और अनजाने ख़तरों पर सतर्क रहती हैं। मुझे स्विमिंग पूल में तैरना ज़्यादा पसंद नहीं है। स्विमिंग पूल में सिर्फ़ गति का महत्व होता है। वहाँ कोई अनदेखे ख़तरे नहीं होते, और लोग आराम से तैर सकते हैं। लेकिन समुद्र में तैरना मेरे लिए कहीं ज़्यादा रोमांचक और मज़ेदार है। समुद्र में, मैं अपनी पसंदीदा शैली में तैरती हूँ, लेकिन मेरा दिमाग़ हमेशा

सतर्क रहता है। मैं हर समय बदलते परिवेश को देखती, उसका विश्लेषण करती, और अपनी सुरक्षा के लिए सही निर्णय लेती हूँ।

समुद्र से मिले सबक मैंने अपनी असली ज़िंदगी में भी अपनाए।

दुनिया में जीना स्विमिंग पूल में तैरने जैसा नहीं है। यह समुद्र में तैरने जैसा है। मैं अपनी ज़िंदगी अपनी तरह में जीती हूँ, लेकिन मेरा मन हर समय जागरूक और सतर्क रहता है। मैं अनदेखे और अनजाने ख़तरों को पहचानने और उनसे बचने के लिए तैयार रहती हूँ। क्योंकि अगर मैं सतर्क न रहूँ, तो दुनिया की बड़ी "मछलियां" मुझे निगल सकती हैं।

अध्याय 12:
वह एकमात्र कविता जो मैंने पढ़ी

जब मेरे पति पचास पार हुए, तो उनके बालों में सफ़ेदी झलकने लगी। एक दिन उन्होंने अचानक मुझसे कहा, "मैं एक अच्छा कवि बन सकता था, लेकिन तुमने मेरे अंदर की कविता की प्रेरणा को ख़त्म कर दिया।"

यह सुनकर मैं हैरान रह गई। मुझे उनके लिए अफ़सोस हुआ। क्या मैंने सचमुच उनकी एक होनहार कवि बनने की संभावना को ख़त्म कर दिया? हमारे हनीमून के दौरान, मैंने उनसे कहा था कि मुझसे उनकी कविताएँ पढ़ने को न कहें। उसके बाद उन्होंने कभी मुझे अपनी कविताएँ नहीं दिखाईं। लेकिन वे फिर भी समय-समय पर कविताएँ लिखते रहे और उन्हें अकेले ही पढ़ते। शायद उन्हें लगा कि उनकी काव्य प्रेरणा धीरे-धीरे ख़त्म हो रही है। और वे मानने लगे कि इसका कारण मैं हूँ। शायद मेरी उनकी कविताएँ पढ़ने से मना करने वाली बात ने उन्हें निराश कर दिया होगा। उन्होंने इस बात को लगभग 25 साल तक अपने दिल में रखा। लेकिन उन्होंने इसे बर्दाश्त किया, क्योंकि वे मुझसे प्यार करते थे।

मैंने उनसे कुछ नहीं कहा, लेकिन मन ही मन सोचा, "मैंने तुम्हें कविताएँ लिखना बंद करने के लिए कभी नहीं कहा। मैंने तो सिर्फ़ इतना कहा था कि अपनी कविताएँ मेरे पास मत लाओ और मुझसे उन्हें पढ़ने को मत कहो। तुम्हें अपनी कविताएँ लिखते रहनी चाहिए थीं।"

फिर वे मेरे पास आए और बोले, "यह कविता पढ़ो।" इतने सालों में, जब से मैंने उनसे अपनी कविताएँ मुझे न दिखाने को कहा था, उन्होंने अपनी कविताएँ मुझे कभी नहीं पढ़ने दीं। लेकिन उस दिन उन्होंने कहा, "यह पढ़ो। मैंने इसे तुम्हारे बारे में लिखा है।" उन्होंने मेरी बात को तोड़ा। मैंने भी अपनी कही बात तोड़ी। और पहली बार, मैंने उनकी कविता पढ़ी।

मेरी पत्नी को समर्पित

तुम हमेशा एक ऐसा पेड़ बनना पसंद करती हो,
जो तपती गर्मी की किरणों को रोकता है
और हमें ठंडी छाँव देती है।

मौसम के रंगों से अपने पत्तों को सजाने का
तुम्हें कभी शौक़ नहीं रहा।
तुम हमेशा एक हरा-भरा पेड़ बनी रहना चाहती हो।

जन्म की पीड़ा से दूर होकर,
तुम खेतों में गई
नया जीवन उगाने के लिए,
परमेश्वर के ज्ञान और पूर्णता के साथ।

जब मैं सपनों की दुनिया में खोया हुआ था,
मैं उगते हुए नए कोंपलों को देख नहीं सका।
और तुम चुपचाप उन पर पानी डालती रही।

द हाफ बेसमेंट

तुम घर के दरवाजे पर खड़ी होकर
मेहमानों का स्वागत करती,
भूखे अजनबियों के लिए भोजन बनाती,
पड़ोसियों के साथ अपनी अच्छाइयाँ बाँटती,
ताकि परमेश्वर की अच्छाई का प्रचार हो सके।

मेहनत और मितव्ययिता तुम्हारे वस्त्र हैं,
नरम मुस्कान तुम्हारी सजावट है।
तीव्र बुद्धिमत्ता और विवेक तुम्हारे कमरबंद हैं।

तुम्हारी आंतरिक सुंदरता से
एक स्त्रैण महक झलकती है।
तुम बर्फ में खिले बादाम के फूल जैसी हो।

आँधियों और धूप के बीच,
हमारा विश्वास अडिग रहा।
हँसी और आँसुओं के बीच,
हमारा प्यार और आशा हमेशा बढ़ते रहे।

यहाँ तक कि जब मैंने सोचा कि मैं तुमसे दूर हो गया हूँ
और किसी अजनबी धरती पर भटक रहा हूँ,
तुम्हारी आत्मा आसमान से मेरे दिल तक आई।
तुमने मेरे हाथों को कसकर थामा
और हमारी जीवन यात्रा को
एकजुट और पूर्ण बना दिया।

अब और क्या कहूँ?
जब मैं अपने दिल के गुलाब
उसे अर्पित करता हूँ,
जो मुझसे प्यार करती है और हमेशा करती रहेगी!

वह हर शब्द का अर्थ जानते थे, और मैं उनके हर शब्द के पीछे छिपा भाव समझती थी। उन्होंने मेरी तुलना सर्दियों के एक फूल से की, जो तमाम कठिनाइयों के बावजूद बर्फ़ में खिलता है।

मैंने समझ लिया कि उन्होंने "अजनबी धरती" का ज़िक्र क्यों किया। वह ऐसी जगह पर थे, जहाँ वह पहले कभी नहीं गए थे—एक ऐसी धरती, जहाँ विश्वासघात, झूठ और सब कुछ खोने का गहरा दर्द छिपा था। वह सब कुछ, जो उन्होंने तेरह साल की कड़ी मेहनत से हाफ बेसमेंट में कमाया था, एक पल में खो गया।

उस अजनबी धरती में कोई रोशनी नहीं थी, केवल घना अंधेरा था। लेकिन उस अंधेरे में भी यहूदा इस्करियोती की मुस्कुराती हुई छवि उभरती थी। हर झूठ और हर साज़िश उनकी यादों में स्पष्ट थी और बार-बार उनके सामने आती थी। उस अजनबी धरती पर किसी पीड़ित की पुकार कहीं नहीं गूँजती, बल्कि समय के साथ दब जाती है। वहाँ पीड़ित गिरते हैं और हमेशा के लिए भुला दिए जाते हैं।

मेरे पति भी ऐसी ही अजनबी धरती पर थे। वह खो चुके थे, और आत्महत्या के बारे में सोच रहे थे। अपनी कविता में उन्होंने लिखा था कि मैंने उनका हाथ कसकर थामे रखा। हाँ, मैंने उनका हाथ मज़बूती से थाम लिया था और कभी जाने नहीं दिया।

अध्याय 13:

अच्छाई या बुराई?

जब मैं टोलेडो छोड़कर ह्यूस्टन में बसने आई, तो एक सवाल मेरे मन में था—ऐसा क्यों है कि कुछ विश्वास करने वाले अच्छाई को बुराई कहते हैं और बुराई को अच्छाई? सीधे शब्दों में कहें तो उन्होंने अच्छाई और बुराई के बीच का भेद कैसे खो दिया?

मनुष्य में अच्छाई और बुराई का अहसास लगभग 5 या 6 साल की उम्र में विकसित होने लगता है। जैसे-जैसे हम बड़े होते हैं, यह समझ हमें बुराई से बचने और अच्छाई करने के लिए प्रेरित करती है। लेकिन कुछ लोग, जिनमें अच्छाई और बुराई की पहचान करने की क्षमता नहीं होती, समाज में समस्याएं पैदा करते हैं और अपराधी बन जाते हैं।

तो फिर अच्छाई क्या है? और बुराई क्या है?

यीशु ने उनसे पूछा, "सब्त के दिन क्या उचित है—अच्छा करना या बुरा करना, जीवन बचाना या उसे नष्ट करना?" लेकिन वे चुप रहे। **मरकुस 3:4**

हम यही सवाल 5 या 6 साल के किसी बच्चे से पूछ सकते हैं। क्या जीवन बचाना अच्छा है या बुरा? बच्चा इसका जवाब दे सकता है। क्या जीवन को नष्ट करना अच्छा है या बुरा? बच्चा इसका भी जवाब दे सकता है। हम यही सवाल सड़क पर चलते किसी भी व्यक्ति से पूछ सकते हैं।

क्या जीवन बचाना अच्छा है या बुरा? कोई भी व्यक्ति बिना झिझक इसका जवाब तुरंत दे देगा। क्या जीवन को नष्ट करना अच्छा है या बुरा? इसका जवाब भी कोई व्यक्ति तुरंत दे देगा। लेकिन प्रार्थनालय के धार्मिक लीडरों ने इस सवाल का कोई जवाब नहीं दिया। या तो वे जवाब देना नहीं चाहते थे, या वे जवाब नहीं दे सके। उनके अगले कर्म ने उनके हृदय की सच्चाई को उजागर कर दिया—उनके दिल में यीशु को मारने की योजना थी। उनके दिल में बुराई थी।

फिर फ़रीसी बाहर गए और हेरोदियों के साथ मिलकर यह योजना बनाने लगे कि वे यीशु को कैसे मार सकते हैं।

मरकुस 3:6

वे यीशु को मारना चाहते थे। जीवन लेना बुराई है, लेकिन वे इसे अच्छाई मान रहे थे। वे बड़े उत्साह से यीशु की हत्या की योजना बना रहे थे। उन्होंने अच्छाई और बुराई का फ़र्क समझने की क्षमता खो दी थी। यह लोग साधारण लोग नहीं थे। वे धार्मिक नेता थे। वे परमेश्वर के सेवक थे, जिन्होंने अपना पूरा जीवन परमेश्वर की सेवा के लिए समर्पित कर दिया था। वे लोगों को परमेश्वर का अनुसरण करना, उसकी आज्ञाएं मानना, उसे प्रेम करना और उसकी सेवा करना सिखाते थे। वे हमेशा परमेश्वर के वचनों का अध्ययन करते और उन्हें याद करते। फिर ऐसा क्या हुआ कि उन्होंने अच्छाई और बुराई का अंतर समझना बंद कर दिया? उन्होंने निर्दोष यीशु को मारने को अच्छा क्यों समझा?

मैंने यह सब कुछ अपने समय में भी देखा। कुछ विश्वास करने वाले, जो बहुत पढ़े-लिखे और बाइबिल के शिक्षक थे, जिन्होंने अपना जीवन यीशु की सेवा में समर्पित कर दिया था, वही लोग बुराई करते हुए यह सोचते थे कि वे सही कर रहे हैं। वे विश्वासघात करते थे, झूठ बोलते थे, धोखा देते थे, और यहाँ तक कि झूठे दस्तावेज़ों पर झूठे गवाह बनकर

हस्ताक्षर करते थे। उन्होंने अच्छाई और बुराई, सही और ग़लत के बीच का फ़र्क पूरी तरह खो दिया था। मैंने इसे धार्मिक दुनिया में "ब्रेन वॉशिंग" का नतीजा समझा।

जब मैंने इन व्यक्तियों के बारे में एक-एक करके सोचा, तो मैंने पाया कि वे बहुत शिक्षित, भले, दयालु और अच्छे इंसान थे। उन्होंने अपना सब कुछ छोड़कर यीशु की सेवा के लिए ख़ुद को समर्पित कर दिया था। फिर उनके साथ ऐसा क्या हुआ? जो फ़रीसियों के समय में हुआ था, वही आज भी क्यों हो रहा है?

इसका कारण क्या है? ऐसा क्यों हुआ? इसकी जड़ कहाँ है?

मुझे यह समझना था। मैंने परमेश्वर से प्रार्थना करते हुए पूछा, “हे प्रभु, ऐसा क्या हुआ जिससे वे सही और ग़लत, अच्छाई और बुराई का भेद करने में असफल हो गए?” ऐसे सवाल लेकर प्रभु के पास जाना मेरे लिए कभी आसान नहीं होता। यह मेरे मन और शरीर पर भारी पड़ता है। इससे मेरी भूख मर जाती है और मैं ठीक से खा नहीं पाती। मेरा मन बेचैनी और पीड़ा से भर जाता है। मुझे बार-बार प्रार्थना करनी पड़ती है, और प्रभु तुरंत जवाब नहीं देते। जब तक उनका जवाब आता है, तब तक कई बार मैं 3-4 पाउंड वजन तक खो देती हूँ।

मुझे याद नहीं कि मैंने इस सवाल के लिए कितने दिनों तक प्रार्थना की—शायद कई हफ़्तों तक। फिर एक दिन मैं अपने पति के साथ मछली पकड़ने वाली नाव पर थी। नाव ऊँची लहरों के बीच झूल रही थी, और मैं काफ़ी असहज महसूस कर रही थी। उसी समय मैंने एक आवाज़ सुनी, जो स्पष्ट रूप से कह रही थी: "उन्हें मनुष्यों की प्रशंसा पसंद है।"

यह यूहन्ना 5:41-44 से है। यीशु ने स्पष्ट किया कि मनुष्यों से प्रशंसा पाने की लालसा, उन यहूदियों की मूल समस्या थी जो यीशु को मारने की कोशिश कर रहे थे। यही वह कारण था, जिसने उन्हें अच्छाई और

बुराई में भेद करने की क्षमता से वंचित कर दिया। मनुष्यों से प्रशंसा पाने की लालसा अच्छाई और बुराई का फ़र्क खोने की जड़ है। यह धार्मिक दुनिया में ब्रेन वॉशिंग की समस्या की भी जड़ है। यह मेरे लिए एक बिल्कुल नया दृष्टिकोण था, क्योंकि मुझे यह समझ नहीं थी कि मनुष्यों से प्रशंसा पाने की लालसा और धार्मिक ब्रेन वॉशिंग के बीच इतना गहरा संबंध हो सकता है।

एक प्रभावशाली और करिश्माई धार्मिक लीडर की प्रशंसा उस धार्मिक समूह के लिए अत्यधिक प्रभावशाली होती है। ऐसे लीडर की प्रशंसा किसी को आस्था का नायक बना सकती है या उसे आस्था का खलनायक करार दे सकती है। यही प्रशंसा किसी को अत्यंत सुखी बना सकती है या उसे पूरी तरह दुखी कर सकती है। ऐसे धार्मिक समूहों के सदस्य धीरे-धीरे अपने करिश्माई लीडर की प्रशंसा और स्वीकृति पाने की कोशिश करने लगते हैं। आख़िर, उन्हें अपने लीडर की प्रशंसा कैसे मिलती है? वे लीडर के शब्दों को परमेश्वर के वचन मानकर उनका पालन करते हुए प्रशंसा प्राप्त करते हैं। उनके लिए लीडर के वचन मानना अच्छाई है, और उसका उल्लंघन करना बुराई। धीरे-धीरे, वे अत्यधिक शिक्षित, भले, समर्पित और अच्छे विश्वास करने वाले लोग अच्छाई और बुराई का फ़र्क करना ही भूल जाते हैं।

यीशु ने कहा, “मैं मनुष्यों से प्रशंसा स्वीकार नहीं करता।” **मरकुस 6:41**

“तुम कैसे विश्वास कर सकते हो, जब तुम एक-दूसरे से प्रशंसा स्वीकार करते हो, लेकिन उस प्रशंसा को पाने का प्रयास नहीं करते जो केवल परमेश्वर से आती है?” **मरकुस 6:44**

नए और युवा विश्वासियों को अक्सर प्रशंसा के शब्दों से प्रोत्साहित किया जाता है। ये प्रशंसा उन्हें प्रेरित करती है, और यह शुरुआती चरणों में स्वाभाविक है। लेकिन उन्हें वहीं रुकना नहीं चाहिए। परिपक्व

विश्वासियों को परमेश्वर से मिलने वाली प्रशंसा से प्रेरित होना चाहिए। परमेश्वर की प्रशंसा तब मिलती है, जब हम बाइबिल में लिखे गए वचनों के अनुसार चलते हैं। लेकिन दुर्भाग्य से, कुछ लोग मनुष्यों से प्रशंसा पाने की कोशिश करते हैं। मनुष्यों से प्रशंसा का आनंद लेना धीरे-धीरे अच्छाई और बुराई का फ़र्क खोने का कारण बनता है, जिससे व्यक्ति धार्मिक ब्रेन वॉशिंग का शिकार हो सकता है। यीशु ने कभी भी मनुष्यों से प्रशंसा स्वीकार नहीं की। उन्होंने ठीक वही किया जो परमेश्वर के वचनों के अनुसार था। इसके परिणामस्वरूप, उन्हें नफ़रत मिली, उन्हें गिरफ़्तार किया गया और अंत में क्रूस पर चढ़ा दिया गया। यदि आप वही करेंगे जो बाइबिल कहती है, तो आप भी नफ़रत का सामना करेंगे, और आप पाएंगे कि यही वह रास्ता है जो यीशु ने चलाया था। अब सवाल यह है कि कुछ लोग मनुष्यों से प्रशंसा क्यों चाहते हैं, और कुछ परमेश्वर से प्रशंसा क्यों चाहते हैं? इसकी जड़ कहाँ है? यीशु ने इसका उत्तर दिया:

"लेकिन मैं तुम्हें जानता हूँ। मैं जानता हूँ कि तुम्हारे दिल में परमेश्वर का प्रेम नहीं है।" **यूहन्ना 5:42**

जो लोग ख़ुद से प्रेम करते हैं, वे धार्मिक गतिविधियों के माध्यम से मनुष्यों से प्रशंसा पाने की कोशिश करते हैं। लेकिन जो लोग परमेश्वर से प्रेम करते हैं, वे अपनी धार्मिक गतिविधियों के माध्यम से परमेश्वर से प्रशंसा पाने की कोशिश करते हैं। यह समस्या प्रेम की है—जो लोग अपने आप से प्रेम करते हैं, वे मनुष्यों से प्रशंसा चाहते हैं। लेकिन जो परमेश्वर से प्रेम करते हैं, वे केवल उसकी प्रशंसा के लिए जीते हैं।

This is white!
White!
White!
White!
White
White!
White!
White!
White!

This is black!
Black!
Black!
Black!
Black!
Black!
Black!
Black!
Black!

अध्याय 14:
एक आदर्श चर्च

जब मेरे पति का अचानक निधन हुआ, तो हमारा पूरा परिवार गहरे सदमे में था। मेरे बच्चों और मुझे इस दुःख और पीड़ा से गुज़रना पड़ा। मुझे यह समझना था कि अब बिना उनके अपनी ज़िंदगी कैसे आगे बढ़ानी है। मेरे बच्चों ने भी इस कठिन समय में सही दिशा में क़दम उठाए। जब उनके पिता हमारे साथ थे तो वे अपनी-अपनी पसंद की जगहों पर रहते थे। लेकिन उनके पिता के जाने के बाद, कुछ महीनों के भीतर, सभी बच्चे वापस ह्यूस्टन आ गए। मेरी बड़ी बेटी ने ह्यूस्टन में अपना मेडिकल इंटर्नशिप शुरू किया। दूसरी बेटी ने ताइक्वांडो स्कूल सँभाल लिया। मेरी तीसरी बेटी ने ह्यूस्टन में नौकरी की और उसका परिवार डलास से ह्यूस्टन आ गया। मेरा बेटा, जो ऑस्टिन में टेक्सास यूनिवर्सिटी में पढ़ाई कर रहा था, उसने राइस यूनिवर्सिटी में स्थानांतरित कर लिया। इस तरह, हम सभी एक-दूसरे के क़रीब रहने लगे।

जब पति और पत्नी साथ मिलकर कोई सेवा करते हैं और उनमें से एक की मृत्यु हो जाती है, तो विधवा पादरी के पास दो ही रास्ते होते हैं—या तो सेवा बंद कर दी जाए या उसे जारी रखा जाए। मैंने पहले ऐसे उदाहरण देखे थे और अब मुझे भी इनमें से एक को चुनना था। मैंने तय किया कि जो काम हमने साथ में शुरू किया था, उसे मैं अकेले जारी रखूँगी।

मेरे पति और मैं हर हफ़्ते कॉलेज के छात्रों के साथ कैंपस बाइबिल अध्ययन करते थे। हमने इस अध्ययन को दो सालों में बड़े प्यार और मेहनत से विकसित किया था, और नियमित रूप से क़रीब एक दर्जन छात्र इसमें भाग लेते थे। इसके अलावा, हमारे घर पर कोरियाई मिशनरियों के साथ बाइबिल अध्ययन और रविवार की उपासना सेवा भी होती थी। लेकिन मैं दोनों काम एक साथ नहीं कर सकती थी। मुझे एक को चुनना था और दूसरे को छोड़ना था।

कैंपस बाइबिल अध्ययन, कोरियाई मिशनरियों के चर्च की तुलना में तेज़ी से बढ़ सकता था। अमेरिकी छात्र शर्मीले नहीं होते। एक बार जब वे परमेश्वर के वचन को स्वीकार कर लेते हैं, तो वे इसे दूसरों को सिखाने में देरी नहीं करते।

उन्हें दूसरों को सिखाने में आनंद आता है। लेकिन उनकी अपनी चुनौतियाँ थीं—जैसे यौन संबंध और नशे की समस्याएं। अगर मैं अमेरिकी छात्रों की सेवा चुनती, तो मुझे इन समस्याओं से निपटना पड़ता। और मैं इसमें उतनी सक्षम नहीं थी। इसके अलावा, मैं उनसे स्थायी निष्ठा की उम्मीद भी नहीं कर सकती थी। वे तब तक रुकते हैं, जब तक उन्हें सेवा से कोई लाभ होता है, और जब उन्हें लाभ नहीं मिलता, तो वे चले जाते हैं। लेकिन मेरे लिए यह महत्वपूर्ण नहीं था। मेरा उद्देश्य केवल यह था कि मैं सुसमाचार का प्रचार उन सभी तक करूँ, जिन्हें परमेश्वर मेरे पास भेजता है। यही मेरी सबसे बड़ी ज़िम्मेदारी थी।

कोरियाई मिशनरियों के साथ सेवा शुरू करना लंबी प्रतीक्षा का काम था। फल की उम्मीद कम से कम दस साल तक नहीं की जा सकती थी। यह एक ऐसी सेवा थी, जो धैर्य और समय की माँग करती थी। इसकी वजह यह थी कि हमारे मिशनरी हाल ही में कोरिया से आए थे। उन्हें अंग्रेज़ी भाषा, संस्कृति, वीज़ा की स्थिति और एक स्थिर नौकरी पाने की चुनौतियों का सामना करना था। इन सब तैयारियों में लगभग दस साल

का समय लगना तय था। हालाँकि, उनके सामने यौन संबंधों और नशे जैसी समस्याएं नहीं थीं। और भले ही इसमें समय लगे, वे निष्ठावान लोग थे। वे लाभ देखकर नहीं, बल्कि अपने स्पष्ट उद्देश्य को ध्यान में रखते हुए चलते थे। वे मेरे साथ रहेंगे और मेरे साथ ही अपना जीवन समर्पित करेंगे।

तो मुझे किस समूह को चुनना चाहिए? मेरे पति और मैंने पहले कभी कोरियाई मिशनरियों को नहीं जाना था। जब वे ह्यूस्टन आए, तब हम पहली बार उनसे मिले। वे हमारे संरक्षण में आए, और मैं उन्हें निराश नहीं करना चाहती थी। मैं यह सुनना चाहती थी कि वे कहें, "मुझे ख़ुशी है कि मैं ह्यूस्टन में मिशनरी जेम्स किम के पास आया।" इसी कारण से, मैंने कोरियाई मिशनरियों के साथ सेवा जारी रखने का फैसला किया। मुझे विश्वास था कि एक दिन वे कहेंगे, "मुझे ख़ुशी है कि मैं ह्यूस्टन में मिशनरी जेम्स किम के पास आया।" हमारा उद्देश्य उन्हें आशीर्वाद देना, उनकी रक्षा करना और उन्हें एक समृद्ध जीवन देना था।

"कुछ चोर भेड़ों से चोरी करते हैं। वे उनका इस्तेमाल करके उन्हें कचरे की तरह फेंक देते हैं।" ऐसे चोरों के अधीन, भेड़ें ज़िंदा तो रहती हैं, लेकिन बुरी स्थिति में। दूसरी ओर, ऐसे हत्यारे भेड़िये होते हैं जो कहते हैं, "तुम्हारा सब कुछ मेरा है—तुम्हारा पैसा, तुम्हारा समय, तुम्हारी शादी, तुम्हारी पत्नी और तुम्हारे बच्चे।" हत्यारे भेड़ियों के अधीन, भेड़ों की ज़िंदगी पूरी तरह छिन जाती है।

"चोर केवल चोरी करने, मारने और नष्ट करने के लिए आता है। लेकिन मैं इसलिए आया हूँ कि वे जीवन पाएं और वह भी भरपूर।" **यूहन्ना 10:10**

मैंने ख़ुद को कोरियाई मिशनरियों को विकसित करने के लिए दस साल का समय दिया।

अगले दस सालों के लिए मेरे लक्ष्य थे:

भाइयों के बीच एकता और एकजुटता को बढ़ावा देना।

प्रत्येक भाई को रविवार की उपासना सेवा के लिए पादरी और उपदेशक बनाना।

दस सालों तक, मैंने तीन भाइयों के साथ चर्च के हर कार्यक्रम पर विस्तार से चर्चा की। हमने यह सुनिश्चित किया कि वे दस सालों में पूरी तरह से समझ सकें कि चर्च की सेवा कैसे की जाती है। हर भाई को महीने में एक बार रविवार का संदेश देने का अवसर मिलता था। इसके अलावा, उन्होंने तीन साल तक सेमिनरी में अध्ययन किया और सभी विधिवत पादरी बने।

इसके बाद, मैंने सोचना शुरू किया कि मैं किस तरह का चर्च बनाना चाहती हूँ।

दुनिया में कोई आदर्श चर्च नहीं है। आदर्श चर्च स्वर्ग में है। चर्च रोटी की तरह है। रोटी बनाने के लिए कई सामग्रियों की आवश्यकता होती है। जब सभी सामग्रियों को सही तरीके से मिलाया और पकाया जाता है, तो ताज़ी बनी रोटी स्वादिष्ट और सुगंधित होती है। लेकिन यह रोटी ज़्यादा दिन तक नहीं टिकती। कुछ दिनों के बाद यह बासी हो जाती है और इसमें फफूंदी लग जाती है। फिर लोग पुरानी रोटी को फेंककर नई रोटी बनाते हैं।

चर्च की शुरुआत में, हर कोई ख़ुशी और व्यक्तिगत त्याग के साथ मेहनत करता है। एक नया, आदर्श चर्च जन्म लेता है। यह चर्च सफलता की सीढ़ियाँ चढ़ता है। महिमा, सम्मान, शक्ति और धन चर्च में भर जाते हैं। लेकिन धीरे-धीरे, चर्च में भ्रष्टाचार आने लगता है। इसका कारण यह है कि मानव मन भी पकाई गई रोटी की तरह भ्रष्ट होने की प्रवृत्ति रखता है। फिर नए विश्वास करने वाले आते हैं और पुराने विश्वासियों की ग़लतियों को सुधारने के लिए एक नया सिस्टम तैयार करते हैं। लेकिन

समय के साथ, वह नया सिस्टम भी भ्रष्ट हो जाता है। यही मैंने चर्च के 2000 साल के इतिहास में देखा। दुनिया में कोई भी पूर्ण चर्च प्रणाली नहीं है, क्योंकि मानव मन भ्रष्ट हो सकता है।

एक पादरी के रूप में, मैंने चर्च में बदलाव शुरू किए। जो चीजें अच्छी थीं, उन्हें बनाए रखा, और जो बुरी थीं, उन्हें बदल दिया।

पहला बदलाव यह था कि मैंने कॉलेज के छात्रों पर केंद्रित कैंपस मंत्रालय से परिवार-केंद्रित मंत्रालय की ओर रुख किया।

जब मैं अभी भी टोलेडो, ओहायो में थी, हमें एक चर्च सम्मेलन में जाना पड़ा। यह सम्मेलन कॉलेज के छात्रों पर केंद्रित था, इसलिए बच्चों को अनुमति नहीं थी। मेरी नियमित देखभाल करने वाली बेबीसिटर उपलब्ध नहीं थी क्योंकि वह छुट्टी पर जा रही थी। मैंने बहुत कोशिश की और आख़िरकार एक परिवार को ढूँढा, जो मेरे और मेरे बच्चों के लिए बिल्कुल अजनबी था। मैंने अपनी दोनों बेटियों को उस परिवार के पास छोड़ दिया और सम्मेलन में चली गई।

वहाँ पहुँचने में एक दिन लगा और लौटने में एक और दिन। सम्मेलन के छह दिन बाद, जब मैं अपनी बेटियों को लेने गई, तो मेरी तीन साल की बेटी घर के बाहर खड़ी थी। उसने मुझे देखा और तुरंत घर के अंदर भाग गई। वह बाहर नहीं आई। यह दृश्य मेरा दिल तोड़ने वाला था। मेरी बेटी को समझ नहीं आया कि उसकी माँ ने उसे किसी अजनबी के पास क्यों छोड़ दिया। वह नहीं जानती थी कि उसकी माँ कहाँ थी और क्या कर रही थी। उसकी नज़र में, उसकी माँ ने उसे त्याग दिया था। ऐसा लगा जैसे उसे एक नया परिवार अपनाना पड़ा हो।

यह सब ग़लत था। चर्च प्रणाली में कुछ बहुत ही गंभीर रूप से ग़लत था। मैंने इसका जवाब खोजने के लिए बाइबिल पढ़ी। अदन के बगीचे में, परमेश्वर ने एक परिवार की स्थापना की। परमेश्वर ने परिवार को अपनी

सेवा करने की इकाई के रूप में बनाया। परमेश्वर एक विश्वासयोग्य, प्रेमपूर्ण, और आशीषित परिवार के माध्यम से काम करते हैं। माता-पिता की ज़िम्मेदारी है कि वे अपने बच्चों को परमेश्वर के मार्ग पर चलने के लिए तैयार करें।

"मैंने उसे इसलिए चुना है कि वह अपने बच्चों और अपने परिवार को निर्देश दे, ताकि वे यहोवा के मार्ग में चलें और उचित और न्यायपूर्ण कार्य करें..." **उत्पत्ति 18:19**

परमेश्वर का मार्ग एक पीढ़ी से दूसरी पीढ़ी तक पिता के माध्यम से बच्चों को सौंपा जाता है। लेकिन जब मेरे बच्चों को यह ही नहीं पता था कि उनके माता-पिता क्या कर रहे हैं, तो क्या परमेश्वर की सेवा अगली पीढ़ी तक पहुँच पाएगी? क्या वे बड़े होकर इसे समझ पाएंगे? नहीं। अगर बचपन में यह कड़ी टूट जाती है, तो यह न केवल बच्चों को आहत करती है, बल्कि हमेशा के लिए अलग हो जाती है।

कैंपस मंत्रालय के नाम पर बच्चों को अलग रखना एक दूरदर्शी क़दम नहीं है। बच्चे बेबीसिटर या दादा-दादी की देखभाल में बड़े होते हैं, जबकि माता-पिता हमेशा चर्च के काम में व्यस्त रहते हैं। यह पूरी तरह ग़लत है। मुझे बताया गया था कि अगर मैं स्वयं को परमेश्वर की सेवा में समर्पित कर दूँ और अपने बच्चों की देखभाल के लिए समय न निकाल सकूँ, तो परमेश्वर उनकी देखभाल करेंगे। यह एक झूठ था। यह ग़लत था। बच्चों को अपने माता-पिता के प्रेम और देखभाल की आवश्यकता होती है।

पुराने नियम के समय में, मंदिर में परमेश्वर की उपासना करने जाना एक पारिवारिक आयोजन था। पूरा परिवार एक या दो सप्ताह का सफर तय करके मंदिर जाता था और एक साथ परमेश्वर की आराधना करता था। जब छोटे बच्चे बड़े होते, तो वे भी अपने बच्चों के साथ वही करते—जैसे उनके पिता ने उनके साथ किया था। जब यीशु 12 साल के थे, तब

उनके माता-पिता और बालक यीशु एक साथ यरूशलेम गए थे ताकि फसह का पर्व मना सकें। यह एक पारिवारिक आयोजन था। **(लूका 2:41,42)**

"इन्हें अपने बच्चों को और उनके बच्चों को सिखाओ।" **व्यवस्थाविवरण 4:9**

"इन्हें अपने बच्चों को सिखाओ, जब तुम घर में बैठो...।" **व्यवस्थाविवरण 11:19**

जब मैंने ह्यूस्टन CMI चर्च का पादरी बनने का कार्यभार संभाला, तो मैंने चर्च की प्रणाली को बदल दिया। मैंने इसे एक परिवार-केंद्रित और बच्चों पर केंद्रित चर्च में बदल दिया—ऐसा चर्च जो अगली पीढ़ी से जुड़ा हुआ हो।

चर्च के सामूहिक आयोजन (पुनर्जागरण शिविर) ने इस बदलाव के लिए एक अच्छा अवसर प्रदान किया।

मैंने छोटे बच्चों का चर्च के पुनर्जागरण शिविर में स्वागत किया। बच्चों के रोने की आवाज़ें हमारे भविष्य की गूंज थीं। जब मैं इतनी वृद्ध हो जाऊँगी कि परमेश्वर की सेवा न कर सकूँ, तो ये बच्चे मेरी जगह लेंगे। मैंने हर छोटे बच्चे को पुनर्जागरण शिविर के लिए एक छोटा-सा कार्य सौंपा। किसी ने पुरुष और महिला के लिए बाथरूम का चिन्ह बनाया, किसी को हर केबिन में जाकर भोजन का समय घोषित करने का कार्य दिया गया। कुछ बच्चों को कार्यक्रमों को दीवार पर चिपकाने का कार्य दिया गया। उन्होंने अपने-अपने काम को बड़े उत्साह और आनंद के साथ पूरा किया। पुनर्जागरण शिविर के दौरान बच्चों के लिए बाइबिल अध्ययन भी आयोजित किया गया। वे वही वचन पढ़ते थे जो उनके माता-पिता पढ़ते थे।

जब मैं पादरी हूँ, तो बच्चे अपने माता-पिता के साथ चर्च के पुनर्जागरण शिविर में शामिल होंगे। उन्हें 3-4 दिनों के लिए अपने माता-पिता से अलग होने की आवश्यकता नहीं होगी। वे स्वयं शिविर में भाग लेंगे। वे अपने माता-पिता के साथ गीतों और नृत्य की प्रैक्टिस करेंगे। वे जानेंगे कि उनके माता-पिता क्या कर रहे हैं। कुछ बच्चों को शिविर इतना पसंद आया कि उन्होंने दो सप्ताह पहले ही अपना सामान पैक कर लिया। उन्होंने अपने दोस्तों को भी शिविर में आमंत्रित किया।

तो क्या मैंने कैंपस मंत्रालय छोड़ दिया? नहीं। मैंने जो नई प्रणाली स्थापित की, वह कॉलेज के छात्रों के मंत्रालय को एक मजबूत पारिवारिक जीवन के आधार पर केंद्रित करती थी, न कि टूटे हुए पारिवारिक जीवन पर। हम अपने बच्चों को भविष्य के बाइबिल शिक्षक के रूप में तैयार करते हैं। जिन मिडिल स्कूल के छात्रों को मैंने बाइबिल पढ़ाई थी, वे सभी अब कॉलेज में हैं।

एक और बदलाव जो मैंने किया, वह था ऐसा नेतृत्व समाप्त करना जो स्वयं को परमेश्वर की तरह मानता हो। पहले यह अभ्यास किया जाता था कि चर्च के लीडर (पादरी) के शब्दों का पालन करना, परमेश्वर की आज्ञा का पालन करना माना जाता था। लेकिन यह अभ्यास प्रत्येक विश्वास करने वाले का परमेश्वर के साथ सीधा और व्यक्तिगत संबंध समाप्त कर देता था और उन्हें ऐसा बनाता था कि वे इंसानों की आज्ञा का पालन करें जैसे वह परमेश्वर हो। मुझे बाइबिल अध्ययन के दौरान मेरे शिक्षक ने कहा था कि चर्च के लीडर के वचन का पालन करना परमेश्वर की सेवा करना है। मैंने ऐसा ही किया। मैंने चर्च के लीडर के वचनों का पालन करके परमेश्वर की सेवा की। लेकिन जब मेरा बाइबिल का ज्ञान बढ़ा, तो मैंने देखा कि चर्च के कुछ लीडरों के शब्द बाइबिल की शिक्षा का पालन नहीं कर रहे थे। जब मैंने उनकी बातों का पालन नहीं किया, तो मुझे विद्रोही और अभिमानी कहा गया।

लेकिन मेरे चर्च में, जहाँ मैं पादरी हूँ, मनुष्य को मनुष्य और परमेश्वर को परमेश्वर ही रहना है। प्रत्येक सदस्य को परमेश्वर के साथ अपना व्यक्तिगत संबंध स्थापित करना चाहिए। हर किसी को अपनी समस्याओं को प्रार्थना में परमेश्वर के पास ले जाना चाहिए और परमेश्वर द्वारा दी गई दिशा का पालन करना चाहिए।

इसलिए हमारे चर्च में कोई सर्वोच्च नेता नहीं था जो स्वयं को परमेश्वर की तरह माने। इसके बजाय, हमारे चर्च में तीन भाई और मैं मिलकर नेतृत्व की बैठक करते थे। हम हर मुद्दे पर चर्चा करते और केवल तभी आगे बढ़ते जब चारों एकमत होते।

जो भी परिवार या व्यक्ति हमारे चर्च में आया, वह परमेश्वर द्वारा भेजा गया था ताकि मैं उनकी देखभाल कर सकूँ।

हर परिवार, हर व्यक्ति अपनी समस्याओं के साथ आता था। मुझे उनकी समस्याओं को हल करने में मदद करने की गहरी ज़िम्मेदारी महसूस होती थी, चाहे वे आर्थिक समस्याएं हों, भावनात्मक समस्याएं, वैवाहिक समस्याएं या पाप की समस्याएं। मैंने इन समस्याओं को तीन प्रमुख श्रेणियों में बाँटा: दुष्टात्मा का प्रभाव, शारीरिक बीमारी, और पाप से संबंधित बीमारी।

इनमें सबसे आसान समस्या दुष्टात्मा का प्रभाव था। इसका कारण यह था कि मेरे पास दुष्टात्माओं के ख़िलाफ़ सबसे घातक हथियार था—यीशु का नाम। एक दुष्टात्मा-प्रभावित व्यक्ति दूसरे राज्य में रहता था। लेकिन मैंने प्रतिदिन यीशु के नाम में प्रार्थना की। छह महीने की प्रार्थना के बाद मैंने सुना कि उस व्यक्ति की स्थिति 90% सुधर गई थी। मैंने अगले छह महीने प्रार्थना की और सुना कि वह 99% ठीक हो गया था। फिर छह और महीने की प्रार्थना के बाद, वह व्यक्ति पूरी तरह से मुक्त हो गया

और पूरे दिल से परमेश्वर की सेवा करने लगा। इस चमत्कारी चंगाई ने उन सभी को प्रेरित किया, जिन्होंने इसके बारे में सुना।

शारीरिक बीमारी के लिए बीमार व्यक्ति को डॉक्टर से मिलकर चिकित्सा लेनी चाहिए। चिकित्सा के दौरान, उन्हें यह प्रार्थना करनी चाहिए कि उन्हें सही डॉक्टर, सही उपचार, और सही दवा मिले, जो उनके स्वास्थ्य को सुधारने में मदद करे। ग़लत डॉक्टर, ग़लत उपचार, या ग़लत दवा बीमार व्यक्ति को और बीमार कर सकती है। जहाँ डॉक्टर और दवाएँ ठीक नहीं कर सकतीं, वहाँ बीमार व्यक्ति को परमेश्वर से चंगाई के लिए प्रार्थना करनी चाहिए।

कुछ बीमारियाँ ऐसी होती हैं जिन्हें मानव दृष्टि से "लाइलाज" कहा जाता है। यह शब्द केवल इंसानों द्वारा गढ़ा गया है और उन्हीं के लिए है। परमेश्वर के लिए "लाइलाज" जैसा कोई शब्द नहीं है। परमेश्वर इस शब्द का उपयोग नहीं करते। परमेश्वर के लिए सब कुछ संभव है। (मरकुस 9:23) परमेश्वर के लिए कुछ भी असंभव नहीं है। (लूका 1:37) जो विश्वास करता है, उसके लिए कुछ भी असंभव नहीं है। परमेश्वर मृतकों को जीवित कर सकते हैं। बीमार और जीवित लोगों को चंगा करना परमेश्वर के लिए आसान है। लेकिन कभी-कभी, किसी व्यक्ति को चंगा होने के लिए वर्षों की प्रार्थना की आवश्यकता होती है। यह कुछ महीनों या कई सालों का धैर्यपूर्ण प्रयास हो सकता है। मैं स्वयं कई बीमारियों से ठीक हुई हूँ। अपने अनुभवों से मैंने यह जाना और दिल से सीखा कि परमेश्वर किसी भी बीमारी को चंगा कर सकते हैं। उनके लिए कुछ भी असंभव नहीं है।

काम पर, मैं एक बुजुर्ग अफ़्रीकी-अमेरिकी महिला का डायलिसिस कर रही थी। उन्हें मधुमेह था, जिसकी वजह से उनके गुर्दे फ़ेल हो गए थे। इलाज के दौरान, वह लगातार मधुमेह को कोस रही थीं। फिर उन्होंने कहा, "परमेश्वर ने मुझसे कहा, 'मैं तुम्हें चंगा कर सकता था, लेकिन तुमने

मुझसे माँगा ही नहीं।'" उनके शब्दों के माध्यम से मैंने परमेश्वर की सोच को समझा। परमेश्वर किसी भी बीमारी को चंगा कर सकते हैं, लेकिन बीमार विश्वास करने वाले अक्सर उनके पास चंगाई के लिए नहीं आते। इसके बजाय, वे अपनी बीमारी और दर्द को स्वीकार कर लेते हैं और बीमारी को कोसते रहते हैं।

जो लोग चंगाई के लिए परमेश्वर के पास आते हैं, वे चंगाई प्राप्त करते हैं। एक नई महिला हमारे चर्च में आई। उन्होंने कहा कि उन्हें एक "लाइलाज" बीमारी है, जिसमें उनकी त्वचा मोटी होकर हाथी की त्वचा जैसी हो जाती है। मैंने कहा, "तुम ठीक हो जाओगी। अपनी बीमारी को यीशु के पास क्रूस पर छोड़ दो। हम अपने पापों के साथ-साथ अपनी बीमारियों को भी यीशु को सौंपते हैं।" उन्होंने कहा कि यह बीमारी "लाइलाज" है। मैंने उन्हें अपना अनुभव बताया कि कैसे मैंने अपने गठिया (रूमेटॉइड आर्थराइटिस) को यीशु के पास सौंपा और मैं ठीक हो गई। लेकिन उन्होंने फिर से कहा कि यह "लाइलाज" है। कई महीनों और वर्षों की प्रार्थना के बाद, वह पूरी तरह स्वस्थ हो गईं और अब पूरे दिल से परमेश्वर की सेवा कर रही हैं।

सबसे कठिन समूह "पाप-ग्रसित" लोग थे। वे अपने पापों में आनंद लेते हैं और बार-बार उसी में लिप्त हो जाते हैं। हर कोई उस व्यक्ति का पाप देख सकता है, सिवाय उस व्यक्ति के। ऐसे व्यक्ति को या परिवार को सहायता देने में 5-10 साल का समय लग सकता है। यह सबसे कठिन समूह है। ऐसे लोगों को पापों से पश्चाताप करने के लिए प्रेरित करना केवल पवित्र आत्मा का कार्य हो सकता है। "पवित्र आत्मा ही अपराधी के दिल को दोषी ठहराने का कार्य करती है।" (यूहन्ना 16:8) इसके लिए निरंतर और धैर्यपूर्ण प्रार्थनाओं की आवश्यकता होती है। जब कोई व्यक्ति या परिवार पापों से उबरता है, तो पूरा चर्च इसे देखता है और प्रेरित होता है। इस तरह चर्च का निर्माण पवित्र आत्मा के कार्यों पर ठोस रूप से होता है।

इन तीनों समूहों—दुष्टात्मा प्रभावित, शारीरिक बीमारी, और पाप-ग्रसित लोगों—के लिए पवित्र आत्मा के कार्य की आवश्यकता होती है। मैंने जब लगातार प्रार्थना की, तो मैंने वर्षों के दौरान परिवारों और व्यक्तियों को धीरे-धीरे ठीक होते देखा। जब कोई परिवार हमारा चर्च छोड़कर किसी अन्य चर्च में चला जाता, तो मुझे दुःख होता और अफ़सोस भी। लेकिन इसके साथ, मैं उनके प्रति आभारी भी होती थी क्योंकि उनकी समस्याओं के लिए प्रार्थना का बोझ मेरे कंधों से हट जाता था। परमेश्वर के सामने, मैंने अपनी प्रार्थना की ज़िम्मेदारी उस चर्च के पादरी को सौंप दी। वह पादरी उनके लिए प्रार्थना करता है या नहीं, यह मेरी चिंता नहीं थी।

इन मूलभूत समस्याओं को धीरे-धीरे और पूरी तरह हल किया जाना चाहिए। यही वह तरीका है, जिससे चर्च ठोस रूप से निर्मित होता है। यदि इन समस्याओं—दुष्टात्मा, शारीरिक बीमारी, और पाप—को हल नहीं किया गया, तो चर्च एक सामाजिक समूह बनकर रह जाएगा। यह केवल गतिविधियों पर केंद्रित रहेगा, जो अंत में तब समाप्त हो जाएगा, जब लोग थकान और ऊबन महसूस करेंगे।

इन बदलावों के बाद, फ़िलहाल हमारा चर्च बढ़ रहा है। यह तब तक बढ़ सकता है, जब तक कि मानव हृदय में भ्रष्टाचार न आ जाए। और तब, मुझे आशा है कि कुछ धर्मपरायण पुरुष सुधार लाएँगे।

अध्याय 15:
शैतान की रणनीति

आदम पूरी लगन के साथ परमेश्वर द्वारा बनाए गए संसार पर शासन करने के अपने काम में व्यस्त था। मैदान के सभी पशु और आकाश के सभी पक्षी आदम के पास आते थे, ताकि वह उन्हें नाम दे सके। परमेश्वर ने देखा कि आदम ने हर प्राणी को क्या नाम दिया। (उत्पत्ति 2:19-20) आदम ख़ुशी-ख़ुशी हव्वा से विवाह कर चुका था। उनका जीवन स्वर्ग जैसा था। लेकिन यह स्वर्गीय जीवन लंबे समय तक नहीं चला।

स्वर्ग के इस सुखमय जीवन को एक साँप देख रहा था। वह इस ख़ुशी भरे दृश्य को समाप्त करना चाहता था। उसका उद्देश्य था कि वह आदम और हव्वा को परमेश्वर से अलग कर दे और उनकी ख़ुशी छीन ले। साँप ने देखा कि यह दंपत्ति परमेश्वर के लिए काम कर रहा है। उसने उनकी सुखी ज़िंदगी की कमज़ोर कड़ी को पहचान लिया। वह कमज़ोरी थी, हव्वा के मन में परमेश्वर जितना बुद्धिमान बनने की इच्छा।

साँप ने हव्वा के पास जाकर उससे परमेश्वर के वचनों पर बातचीत शुरू की। बातचीत के बाद, हव्वा को लगने लगा कि अगर वो उस वर्जित फल को खा लेती है तो वो भी परमेश्वर जितनी बुद्धिमान हो जाएगी। (उत्पत्ति 3:5-6) हव्वा ने परमेश्वर की आज्ञा की अवहेलना करते हुए वह फल खा लिया और अपने पति को भी खाने के लिए दे दिया। (उत्पत्ति 3:6) परिणामस्वरूप, वे परमेश्वर से अलग हो गए और स्वर्ग से निकाल दिए गए।

साँप ने अपने एक ही वार से लक्ष्य को भेद दिया। उसने एक बार में ही आदम और हव्वा को परमेश्वर से अलग कर दिया, उनका स्वर्ग छीन लिया और उन्हें अपने शेष भौतिक जीवन को परमेश्वर से दूर रहकर जीने के लिए मजबूर कर दिया।

लेकिन क्या यह कहानी केवल आदम और हव्वा की है? क्या यह प्राचीन कहानी केवल बीते युग की बात है, जो आज के समय में प्रासंगिक नहीं है? अगर ऐसा है, तो यीशु ने हमें प्रार्थना में यह क्यों सिखाया कि हमें प्रार्थना करनी चाहिए कि हम परीक्षा में न पड़ें?

"और हमें परीक्षा में न डाल, परन्तु बुराई से बचा।" **मत्ती 6:13**

चाहे आप विश्वास करें या न करें, वह प्राचीन साँप आज भी वही करता है। वह परमेश्वर के सुसमाचार प्रचारकों, उसके मेहनती पुरुषों और महिलाओं को देखता है और एक वार करता है, ताकि उन्हें परमेश्वर से अलग कर सके और नष्ट कर सके। मुझे भी ऐसे कई वार मिले हैं, लेकिन यहाँ मैं उनमें से एक के बारे में बताना चाहती हूँ।

मेरे पति के जीवित रहते हुए उन्होंने एक चंगाई प्रार्थना सभा की योजना बनाई थी। उनके निधन के बाद भी मैंने इसे रद्द नहीं किया। मैंने तय किया कि जो कार्य उन्होंने शुरू किया था, उसे मैं आगे बढ़ाऊँगी। इस तीन दिवसीय प्रार्थना सभा का नेतृत्व करने के लिए कोरिया के पादरी डुकसून होंग आ रहे थे। उन्हें चंगाई सेवा का विशेष वरदान प्राप्त था, और मैंने उनके मंत्रालय के माध्यम से कई चंगाई की गवाहियों के बारे में सुना था।

मैंने यह सभा छोटे स्तर पर अपने घर में आयोजित की। मैंने ह्यूस्टन और अन्य शहरों में रहने वाले अपने परिचित बीमार और स्वस्थ दोनों प्रकार के लोगों को आमंत्रित किया। जब चंगाई प्रार्थना सभा का दिन आया, तो सभा शुरू होने से लगभग 2-3 घंटे पहले, जब लोग अभी

पहुँचना शुरू भी नहीं हुए थे, मैं घर लौटने के लिए गाड़ी चला रही थी। घर से लगभग दस ब्लॉक दूर, अचानक मुझे सीने में तेज़ दर्द महसूस हुआ। यह दर्द मेरे लिए नया नहीं था; मैं कई सालों से इससे जूझ रही थी। दर्द की शुरुआत हमेशा दिल में गाँठ बाँधने जैसे एहसास से होती थी, जो जल्दी ही एक भारी दबाव में बदल जाती थी, जैसे मेरे दिल पर कोई भारी पत्थर रखा हो। आम तौर पर, मैं दर्द कम करने के लिए गहरी साँसें लेकर दिल को अधिक ऑक्सीजन देने की कोशिश करती और कुछ मिनटों में ठीक हो जाती। लेकिन उस दिन मैं सड़क पर गाड़ी चला रही थी। चौराहे पर, दर्द ने मुझे इतना कमज़ोर कर दिया कि मुझे कार दुर्घटना से बचने के लिए संघर्ष करना पड़ा। पसीना बह रहा था, और मुझे लग रहा था कि मैं बेहोश हो जाऊँगी। दर्द और बढ़ गया। मेरा जबड़ा जकड़ गया था, दाँतों में दर्द हो रहा था, और दोनों कंधे सुन्न हो चुके थे। मैं किसी तरह कार का हैंडल थामे हुए थी। आख़िरकार, मैं किसी तरह घर पहुँची और सीधे सोफ़े पर गिर पड़ी। यह अब तक का सबसे भयानक दर्द था, जो मैंने महसूस किया था।

यह सब शैतान की चाल थी। उसने इस प्रार्थना सभा को नष्ट करने की योजना बनाई थी। इस पूरे आयोजन की सबसे कमज़ोर कड़ी मेरा कमज़ोर दिल था। अगर मैं गिर जाती, तो यह प्रार्थना सभा बिखर जाती। साँप ने अपनी चाल चलते हुए मेरी इस कमज़ोरी पर निशाना साधा।

मैं ख़ुद एक नर्स थी और कोरोनरी केयर यूनिट में दिल की समस्याओं में विशेषज्ञता रखती थी। जब भी मेरे दिल की धड़कन असामान्य होती, मैं EKG की असामान्य लहरों की कल्पना करती—"यह PVC है, यह बड़ा है, यह धड़कन मिस हो गई, यह फिब है।" लेकिन उस दिन के लक्षणों से यह स्पष्ट था कि मुझे गंभीर दिल का दौरा पड़ा था। मैंने सोचा कि यह मेरे जीवन का आख़िरी दिन हो सकता है। मेरे हालात ऐसे थे कि मुझे तुरंत आपातकालीन कक्ष जाना चाहिए था।

मैंने अपने बच्चों को बुलाया। मैं मरने से पहले उनके चेहरे देखना चाहती थी। मुझे नहीं पता था कि मेरे पास कितना समय बचा है। मेरी दूसरी बेटी सबसे पहले पहुँची। मैंने उससे अपने आख़िरी शब्द कहे: "बाइबिल पढ़ना।" मेरी पहली बेटी अपने काम से घर पहुँची। मेरा बेटा स्कूल से लौट आया। मेरी डॉक्टर बेटी ने मुझसे आपातकालीन कक्ष चलने के लिए कहा। लेकिन मैंने उससे कहा, "नहीं। मुझे चंगाई प्रार्थना सभा में शामिल होना है।" उसने कहा, "माँ, आप आपातकालीन कक्ष जाकर डॉक्टर से दिखा सकती हैं और फिर प्रार्थना सभा में लौट सकती हैं।" लेकिन मुझे पता था, अगर मैं अस्पताल गई, तो मुझे भर्ती कर लिया जाएगा। मेरे शरीर में लाइनें और ट्यूबें लगा दी जाएँगी, और मैं वापस प्रार्थना सभा में शामिल नहीं हो पाऊँगी।

क्या बिना मेरे प्रार्थना सभा हो सकती थी? अस्पताल जाने का मतलब था कि मैं परमेश्वर की चंगाई पर अपना विश्वास नकार रही हूँ। मेरे घर में बीमार लोग परमेश्वर की चंगाई शक्ति प्राप्त करने के लिए आए थे। और मेरा यह क़दम उनके सामने यह संदेश देता कि मैं परमेश्वर की चंगाई पर विश्वास नहीं करती, बल्कि अस्पताल के इलाज पर भरोसा करती हूँ। अगर मैं अस्पताल जाती, तो इसका मतलब होता कि मैंने परमेश्वर की चंगाई पर विश्वास को नीचा दिखाया। मैं इस प्रार्थना सभा को नष्ट करने के बजाय मर जाना पसंद करती। मैंने तय किया कि मैं आपातकालीन कक्ष नहीं जाऊँगी। मैं प्रार्थना सभा को जारी रखने के लिए रुकूँगी, चाहे इसके लिए मुझे अपनी जान क्यों न देनी पड़े। यह एक बड़ा संघर्ष था—पवित्र आत्मा के कार्य और मेरे जीवन के बीच। लेकिन मैंने अपने जीवन से ऊपर पवित्र आत्मा के कार्य को चुना।

मेरे बच्चों ने मेरा दृढ़ निर्णय देखा, लेकिन कुछ नहीं कर सके। वे चले गए। उसी समय, एक दंपत्ति जो कई घंटों का सफ़र तय कर दूसरे राज्य से आए थे, दरवाज़े पर पहुँचे। दरवाज़े की घंटी बजी। मैं किसी तरह उठी और दरवाज़ा खोला। उन्होंने मुझे देखा और कहा, "आप इतनी पीली क्यों

दिख रही हैं? क्या कोई समस्या है?" मैंने कुछ नहीं कहा। धीरे-धीरे और लोग भी आने लगे। हर बार मैं उठकर दरवाज़े पर उनका स्वागत करती। एक मित्र, जो बहुत बीमार थी और अपने सहारे की छड़ी के साथ चल रही थी, वो भी आई। मैं धीरे-धीरे अपनी ताक़त महसूस करने लगी और एक मेज़बान के रूप में अपने कर्तव्यों को निभाने लगी। आख़िरकार, चंगाई प्रार्थना सभा शुरू हुई।

जब परमेश्वर ने शैतान को अय्यूब की परीक्षा लेने की अनुमति दी, तो उन्होंने शैतान को सब कुछ करने की अनुमति दी, लेकिन अय्यूब के जीवन को छूने की मनाही दी।

"अच्छा, सब कुछ उसके हाथ में है, लेकिन उसके जीवन पर हाथ मत डालना।" **अय्यूब 1:12**

मेरा जीवन परमेश्वर के हाथ में है। यदि परमेश्वर यह तय करें कि मेरे जाने का समय आ गया है, तो चाहे मैं कुछ भी करूँ, मुझे मरना ही होगा। लेकिन यदि परमेश्वर कहें कि मेरा समय अभी नहीं आया, तो कोई भी मेरी जान को नहीं छू सकता। साँप ने मेरे दिल पर वार किया और मुझे लगभग मृत महसूस कराया, लेकिन मैं मरी नहीं, क्योंकि मेरा समय अभी नहीं आया था।

मेरे इस दृढ़ निश्चय ने, कि मैं चंगाई प्रार्थना सभा को बचाने के लिए अपनी जान भी दे दूँगी, शैतान की योजना को विफल कर दिया। चंगाई प्रार्थना सभा शुक्रवार, शनिवार, और रविवार तक जारी रही। शनिवार की रात, सभी ने ज़ोर-ज़ोर से परमेश्वर से प्रार्थना की। उन्होंने बीमार लोगों के लिए एक-एक करके हाथ रखकर प्रार्थना की। मैंने पादरी होंग के चंगाई मंत्रालय के माध्यम से चमत्कारों के बारे में सुना था, लेकिन इस सभा में कोई चमत्कार नहीं हुआ। हर बीमार व्यक्ति बिना चंगाई के अपने घर लौट गया।

फिर,

एक हफ़्ता बीता।

दो हफ़्ते बीते।

तीन हफ़्ते बीते।

तब मैंने महसूस किया कि मुझे सीने में दर्द नहीं हो रहा है। मुझे उस दर्द, जो 15 से अधिक वर्षों से हो रहा था, से पूरी तरह मुक्ति मिल गई थी। पहले, जब मैं सो रही होती, तो सीने के दर्द से जाग जाती। बिस्तर पर करवटें बदलते हुए, मैं भारी पत्थर के दबाव जैसा दर्द महसूस करती थी। लेकिन अब तीन हफ़्तों से ऐसा कुछ भी नहीं हुआ था! यह एक अद्भुत नई शुरुआत थी—सीने के दर्द के बिना जीने की। मैंने ख़ुद को शांति और आराम से अपना जीवन जीते हुए पाया। चंगाई प्रार्थना सभा से केवल मुझे चंगाई मिली थी।

उस दिन के बाद, मैं अगले छह वर्षों तक सीने के दर्द से पूरी तरह मुक्त रही। छह साल बाद, जब दर्द फिर से लौटा, तो मैंने एक हृदय रोग विशेषज्ञ से संपर्क किया। उन्होंने मेरे दिल की गहराई से जाँच की—EKG, इकोकार्डियोग्राम, और हार्ट कैथेटराइजेशन। इकोकार्डियोग्राम में हल्की सी असामान्यता थी, लेकिन बाकी सभी जाँच सामान्य थीं। डॉक्टर ने मुझसे कहा, "अब मुझे देखने की कोई ज़रूरत नहीं है।"

हालाँकि, मेरे लक्षण बड़े दिल के दौरे जैसे थे, मुझे पता था कि यह शैतान का वार था, जो चंगाई प्रार्थना सभा को नष्ट करने की कोशिश कर रहा था। शैतान का वार अक्सर पवित्र आत्मा के कार्य से ठीक पहले आता है। जब भी मैं चर्च के किसी बड़े आयोजन, जैसे पुनर्जागरण शिविर, की तैयारी करती, तो मुझे अपने मन को दृढ़ रखना पड़ता और शैतान के वार

का सामना करने के लिए तैयार रहना पड़ता। अगर मैं गिर जाती, तो पूरा आयोजन बिखर जाता।

सेवानिवृत्ति के बाद, मैं अब प्राचीन साँप का लक्ष्य नहीं रही। लेकिन जो पादरी मेरी जगह आए हैं, उन्हें यह अनुभव होगा कि शैतान का प्रभाव चर्च के बड़े कार्यक्रमों से ठीक पहले सक्रिय होता है।

अध्याय 16:
क्रिस्टल बीच से एलन कैंप तक

हमारे चर्च ने इस साल एक पुनर्जागरण शिविर आयोजित करने की योजना बनाई। शिविर क्रिस्टल बीच के एक बीच हाउस में होना था, ठीक वैसे ही जैसे पिछले साल हुआ था। क्रिस्टल बीच में समुद्र के सामने या समुद्र के दृश्य वाले कई बड़े बीच हाउस किराये पर उपलब्ध थे। हमें ऐसा एक बीच हाउस चाहिए था, जो लगभग 30 लोगों को समायोजित कर सके। दो रात और तीन दिन के लिए अनुमानित किराया क़रीब $3,000 था। चर्च ने मुझे अग्रिम भुगतान के लिए $1,500 का चेक दिया।

क्रिस्टल बीच बोलिवर प्रायद्वीप में स्थित है। ह्यूस्टन से क्रिस्टल बीच पहुँचने के लिए सबसे पहले हमें गैल्वेस्टन द्वीप जाना पड़ता है। बोलिवर प्रायद्वीप गैल्वेस्टन के उत्तरी सिरे से 2.7 मील की दूरी पर स्थित है। इस 2.7 मील के समुद्री पानी के ऊपर पुल बनाने के बजाय, फ़ेरी नावें दिनभर कारों और लोगों को एक छोर से दूसरे छोर तक ले जाती हैं।

गैल्वेस्टन द्वीप पर 'फ़ेरी राइड' के संकेत का अनुसरण करते हुए हम एक बड़े पार्किंग क्षेत्र में पहुँचते हैं, जहाँ हमें अगली फ़ेरी का इंतज़ार करना होता है। फ़ेरी हर 30 मिनट में आती है, लेकिन जब कारों की संख्या अधिक होती है, तो हमें अगली फ़ेरी का इंतज़ार करना पड़ता है, जिसका मतलब एक घंटे से भी अधिक का इंतज़ार हो सकता है। जब फ़ेरी आती है, तो परिचालक हर कार को निर्देशित करते हैं कि उसे फ़ेरी में कहाँ जाना है और कहाँ पार्क करना है। एक बार मैंने उत्सुकता से फ़ेरी पर

कारों की गिनती की और पाया कि उसमें 70 से भी अधिक कारें थीं। बड़ी गाड़ियाँ, जैसे बसें या ट्रेलरों वाली गाड़ियाँ, तीन-चार छोटी कारों की जगह ले लेती हैं। जब फ़ेरी पूरी तरह से भर जाती है, तो गेट बंद कर दिया जाता है और फ़ेरी अगले 20 मिनट के लिए समुद्र पर अपनी यात्रा शुरू करती है। यह पूरी सेवा मुफ़्त होती है।

जैसे ही फ़ेरी चलती है, हम अपनी कारों से बाहर आ जाते हैं। कुछ लोग सामने के हिस्से में जाते हैं, कुछ पीछे, कुछ किनारों पर, और कुछ बेहतर समुद्री दृश्य के लिए दूसरी मंज़िल पर। पेलिकन पक्षी यहाँ आम तौर पर देखे जाते हैं, जो या तो बैठे होते हैं या आसमान में उड़ रहे होते हैं। सफ़ेद समुद्री पक्षियों का एक झुंड फ़ेरी का पीछा करता रहता है। मैंने कभी किसी को इन पक्षियों को खाना खिलाते नहीं देखा, लेकिन सुना है कि ये पक्षी फ़ेरी के विशाल प्रोपेलर द्वारा सतह पर लाई गई मछलियों को पकड़ने के लिए इसका पीछा करते हैं। डॉल्फ़िन का झुंड देखना भी यहाँ असामान्य नहीं है। मैंने कई बार डॉल्फ़िन को पानी में खेलते देखा है, जो हर बार एक अद्भुत अनुभव रहा।

20 मिनट का समय बहुत जल्दी बीत जाता है। जैसे ही फ़ेरी बोलिवर प्रायद्वीप के दक्षिणी सिरे पर पहुँचती है, सभी लोग अपनी-अपनी कारों में लौट जाते हैं। फिर परिचालक हर कार को निर्देशित करते हैं कि कब और किस दिशा में जाना है। सभी कारें एक ही दिशा में बाहर निकलती हैं, जबकि दूसरी तरफ, गैल्वेस्टन और ह्यूस्टन जाने के लिए दो-तीन सौ कारें इंतज़ार कर रही होती हैं।

जिस दिन मैंने क्रिस्टल बीच के किराये के कार्यालय जाने का फैसला किया, मैंने दो महिलाओं को साथ चलने के लिए आमंत्रित किया। वे दोनों अन्य राज्य से हमारी चर्च फैमिली से मिलने आई थीं। गैल्वेस्टन द्वीप का दौरा और फ़ेरी की सवारी उनके लिए एक रोमांचक अनुभव हो सकता था। मैंने उन्हें लेकर गैल्वेस्टन की ओर गाड़ी चलाई। वहाँ पहुँचने पर, मैंने

कार पार्क की और हम गैल्वेस्टन के लंबे समुद्र तट पर टहलने लगे। हम पेलिकन, सीगल और नीले समुद्र को निहारते रहे।

चलते-चलते, मैंने सोचा, "अब हमें फ़ेरी के लिए इंतज़ार करना होगा, समुद्र पार करना होगा, फिर किराये के कार्यालय तक गाड़ी चलानी होगी और किराये के घर का दौरा करना होगा। उसके बाद फिर से फ़ेरी के लिए वापस लौटना होगा। इसमें कम से कम तीन घंटे लगेंगे।" मुझे चिंता हुई कि वे थक जाएँगी और भूखी भी हो सकती हैं। इसलिए मैंने एक सरल निर्णय लिया। मैंने सोचा कि इस यात्रा पर मैं केवल उनकी सेवा करने पर ध्यान केंद्रित करूँगी और किराये के कार्यालय का काम अगली बार कर लूँगी। मैंने फ़ेरी पार करने का विचार छोड़ दिया और इसके बजाय, हम एक रेस्तरां में दोपहर के भोजन के लिए चले गए।

कुछ दिनों बाद, मैंने फिर से किराये के कार्यालय जाने का फैसला किया। इस बार, मैंने चर्च की एक माँ से पूछा कि क्या वह मेरे साथ आना चाहेंगी। वह तनाव में थीं, और मैंने सोचा कि उनके लिए अपार्टमेंट में पूरा दिन रहने के बजाय समुद्र देखना राहत देने वाला हो सकता है। उन्होंने कहा कि वह उपलब्ध हैं, लेकिन उन्हें स्कूल ख़त्म होने पर अपने बेटे को लेने जाना होगा। मैंने समय का हिसाब लगाया और उन्हें आश्वस्त किया कि हम समय पर लौट आएँगे, ताकि वह अपने बेटे को स्कूल से ले सकें।

हम गैल्वेस्टन पहुँचे, फ़ेरी के ज़रिए समुद्र पार किया, और बोलिवर प्रायद्वीप पर पहुँचे। समुद्र पार करने में जितना समय मैंने सोचा था, उससे अधिक समय लग गया। किराये का कार्यालय वहाँ से केवल 10 मिनट की दूरी पर था। फिर मैंने सोचा, "क्या मुझे किराये के कार्यालय तक गाड़ी चलानी चाहिए, 10 मिनट का समय अनुबंध पर हस्ताक्षर करने में लगाना चाहिए और फिर 10 मिनट लौटने में लगेंगे? इसके बाद हमें फ़ेरी के लिए इंतज़ार भी करना होगा। इसका मतलब होगा कि वह अपने बेटे

को समय पर स्कूल से नहीं ले पाएँगी।" मैंने उन्हें इस स्थिति के बारे में बताया। उन्होंने कहा कि वह अपने बेटे को कॉल कर सकती हैं और उसे समझा सकती हैं कि उन्हें देर होगी।

लेकिन मैं वादों को निभाने को बहुत महत्वपूर्ण मानती हूँ। मैंने उनसे जो वादा किया था, उसे निभाना मेरे लिए ज़्यादा ज़रुरी था। मैंने उनसे वादा किया था कि वह समय पर अपने बेटे को स्कूल से ले सकेंगी। और उनका अपने बेटे के साथ यह वादा भी था कि वह उसे स्कूल के बाद 3 बजे लेने आएँगी। अगर मैं किराये के कार्यालय जाती, तो दो वादे टूट जाते—मेरा वादा उनके साथ और उनका वादा उनके बेटे के साथ। इसलिए, मैंने फैसला किया कि मैं इन दोनों वादों को निभाऊँगी और किराये के कार्यालय नहीं जाऊँगी। मैंने गाड़ी घुमाई और फ़ेरी के लिए पार्किंग में रुक गई, ताकि हम ह्यूस्टन लौट सकें।

जब मैं घर पहुँची, तो मेरे मन में सवाल थे। मैंने दो बार गैल्वेस्टन जाकर किराये का अनुबंध करने की कोशिश की। मैं तो किराये के कार्यालय से केवल दस मिनट की दूरी पर थी। फिर भी, मैं अनुबंध क्यों नहीं कर पाई? हाँ, हर बार मेरे पास कोई न कोई कारण था। लेकिन क्या परमेश्वर मुझे कुछ बताने की कोशिश कर रहे थे? क्या वह मुझे संकेत दे रहे थे कि मुझे अनुबंध नहीं करना चाहिए? क्या परमेश्वर मुझे किसी और जगह की ओर निर्देशित कर रहे थे?

मैं अक्सर यह प्रार्थना करती हूँ कि परमेश्वर मुझे सही मार्ग दिखाएँ। मैं कहती हूँ, "यदि यह सही मार्ग है, तो इसे खोल दें। और यदि यह गलत है, तो इसे बंद कर दें।" चर्च के नेताओं की बैठक में किराये का निर्णय लिया गया था, लेकिन यह रास्ता दो बार बंद हो गया। हम अपने अनुभवों और विवेक का उपयोग करते हैं और चर्च के लिए सर्वोत्तम निर्णय लेने की कोशिश करते हैं। लेकिन सच्चाई यह है कि हम भविष्य नहीं जानते। हम यह नहीं जानते कि कल क्या होगा।

मैंने अपने कंप्यूटर को खोला और 'टेक्सास में रिट्रीट सेंटर' खोजा। मेरी स्क्रीन पर 'एलन कैंप' का नाम आया। मैंने इसके बारे में जानकारी पढ़ी। यह मेरे घर से सिर्फ़ एक घंटे की दूरी पर था। बिना समय बर्बाद किए, मैंने तुरंत एलन कैंप की ओर गाड़ी चलाई। कैंप में, एक महिला ने मुझे पूरे कैंप का दौरा कराया। वहाँ का नज़ारा शानदार था। एक झील के चारों ओर हरियाली फैली हुई थी। झील में एक फिशिंग डेक और कुछ कैनो थे। झील पर बत्तखों का एक झुंड शांति से तैर रहा था। यह नज़ारा बहुत शांतिपूर्ण और सुंदर था। मैंने झील के किनारे स्थित तीन केबिनों की बुकिंग की और बुकिंग के लिए आधी राशि का भुगतान किया। कुल कीमत बीच हाउस के किराये के आधे के बराबर थी। आम तौर पर, इस कैंप के लिए एक साल पहले से बुकिंग करनी पड़ती है। लेकिन सौभाग्यवश, हमारे लिए केबिन उपलब्ध थे। यात्रा का समय भी ह्यूस्टन से सिर्फ़ एक घंटा था। यह देखना अद्भुत था कि कैसे परमेश्वर ने हमारे लिए एक बेहतर स्थान पहले से ही तैयार किया था।

हमारा चर्च हर निर्णय चर्च के लीडरों की बैठक में करता था। इसमें आम तौर पर एक या दो सप्ताह का समय लग जाता था। लेकिन इस बार, मैंने ख़ुद अनुबंध पर हस्ताक्षर किए, स्थान सुरक्षित किया, और बाद में स्वीकृति लेने का निर्णय किया। अब हमारी रिट्रीट एक नज़दीकी स्थान पर होगी, वह भी आधे खर्च में और बेहतर सुविधाओं के साथ। मैंने चर्च को यह सूचना दी कि अब हमारी रिट्रीट क्रिस्टल बीच पर नहीं, बल्कि एलन कैंप में होगी। कुछ लोगों ने कहा कि वे बीच हाउस को मिस करेंगे।

ठीक दो सप्ताह बाद, ह्यूस्टन क्षेत्र एक बड़े तूफ़ान का सामना कर रहा था। हमने अपने लिए आपातकालीन आपूर्तियाँ तैयार कीं। पूरे ह्यूस्टन की नज़र टीवी समाचारों पर थी, यह देखने के लिए कि तूफ़ान किस दिशा में जाएगा और कहाँ चोट करेगा। जब मैंने टीवी पर क्रिस्टल बीच की पूरी तरह से तबाह तस्वीर देखी, तो मैं स्तब्ध रह गई। तूफ़ान ने

बोलिवर प्रायद्वीप पर हमला किया और क्रिस्टल बीच के सभी बीच हाउस को पूरी तरह नष्ट कर दिया। एक भी बीच हाउस नहीं बचा।

सिर्फ़ दो हफ्ते पहले, मैं वहाँ किराये का अनुबंध करने की कोशिश कर रही थी। मुझे नहीं पता था कि तूफ़ान आने वाला है। लेकिन परमेश्वर जानते थे कि दो सप्ताह में यह जगह पूरी तरह से तबाह हो जाएगी। यही फर्क है परमेश्वर और इंसान के बीच। एक प्राथमिक स्कूल के बच्चे ने कहा, "परमेश्वर ने पादरी किम को क्रिस्टल बीच से एलन कैंप में रिट्रीट स्थान बदलने के लिए प्रेरित किया, क्योंकि परमेश्वर जानते थे कि विनाशकारी तूफ़ान आ रहा है।" वह बच्चा प्राथमिक विद्यालय में पढ़ता था, लेकिन उसमें वह दृष्टि थी जो परमेश्वर के कार्य को देख सके। लेकिन हर किसी ने यह नहीं देखा कि परमेश्वर ने क्या किया।

"धन्य हैं वे आँखें जो वह देखती हैं, जो तुम देख रहे हो।" **लूका 10:23**

अध्याय 17:
दो अलग-अलग प्रणालियाँ

मैंने एक मध्यम आयु की कोरियाई महिला को हमारी रविवार की उपासना सेवा में आमंत्रित किया। उन्होंने मुझसे पूछा, "पादरी का नाम क्या है?" मैंने जवाब दिया, "हमारे पास कोई पादरी नहीं है।" फिर उन्होंने पूछा, "तो रविवार को कौन प्रचार करता है?" मैंने कहा, "मैं करती हूँ।" यह सुनकर उनके चेहरे का भाव बदल गया, और उन्होंने असहमति में सिर हिला दिया। शायद उन्होंने दो बातें देखीं जो उनकी चर्च प्रणाली में स्वीकार्य नहीं थीं। पहली, केवल अभिषिक्त पादरी ही रविवार को प्रचार कर सकते हैं। दूसरी, अभिषिक्त न होने वाली महिलाओं को रविवार की उपासना सेवा में प्रचार करने की अनुमति नहीं होती। उनकी चर्च प्रणाली के अनुसार, ये दोनों ही बातें सही थीं।

उनकी मान्यता के अनुसार, हमें मेरे अपार्टमेंट में रविवार की उपासना सेवाएं भी नहीं करनी चाहिए थीं। मेरे लिए प्रचार करना भी गलत था क्योंकि मैं न तो अभिषिक्त थी और न ही मैं पुरुष थी।

उस घटना के बाद, मैंने कोरियाई लोगों को हमारी उपासना सेवाओं में आमंत्रित करना बंद कर दिया। मैंने अमेरिकियों को आमंत्रित करना शुरू किया। अमेरिकी छात्रों ने कभी मेरे प्रमाणपत्रों पर सवाल नहीं उठाए। वे मेरे संदेश सुनते, और बार-बार परमेश्वर के वचनों को सुनने आते।

द हाफ बेसमेंट

जब मैं विदेश आई, तो मैं अकेली थी और मेरे पास केवल परमेश्वर की सेवा करने की तीव्र इच्छा थी। मेरे पास केवल बाइबिल थी और चर्च प्रणाली के बारे में कोई जानकारी नहीं थी। मैं बस इतना जानती थी कि बाइबिल के वचन जीवित हैं, प्रभावी हैं, और जब लोग इन वचनों को सुनते हैं तो पापियों को उद्धार देने की शक्ति रखते हैं। इसी विश्वास के साथ, मैंने बाइबिल के वचनों का प्रचार करना शुरू किया। यह मुझे कई बाइबिल छात्रों और बाइबिल अध्ययन समूहों तक ले गया। अंत में, मैंने रविवार की उपासना सेवाएं शुरू कीं और प्रचार करना जारी रखा। क्या यह गलत था? क्या मैंने चर्च प्रणाली के ख़िलाफ़ कुछ किया? मैंने यह सब अकेले नहीं किया। परमेश्वर ने मुझे "हाफ बेसमेंट" तक पहुँचाया। उन्होंने मुझे सिखाया कि रविवार के उपदेश कैसे तैयार किए जाएं। उन्होंने मुझे आगे बढ़ने की ताकत दी। परमेश्वर ने यंग के सपने में दिखाया कि कॉलेज छात्रों की सेवा आने वाली है।

अगर मैं कुछ गलत कर रही होती, तो परमेश्वर मुझे रोक देते। लेकिन उन्होंने ऐसा नहीं किया। बाइबिल छात्रों की संख्या बढ़ती गई, और उन्होंने अपने जीवन को परमेश्वर की सेवा के लिए समर्पित कर दिया।

उस कोरियाई महिला को यह नहीं पता था कि चर्च प्रणाली ही परमेश्वर की सेवा का एकमात्र तरीका नहीं है। परमेश्वर की सेवा करने के लिए एक और प्रणाली है—वह है बाइबिल का पालन करना। मुझे चर्च प्रणाली की जानकारी नहीं थी, और मुझे इसकी ज़रूरत भी नहीं थी। मैं चर्च प्रणाली के अधीन नहीं थी। मैंने वही किया जो बाइबिल कहती है। यही मेरी प्रणाली थी।

मैं 65 साल की थी जब मैंने अपना सेमिनरी अध्ययन पूरा किया और एक पादरी के रूप में अभिषिक्त हुई। तब मैं पूरी तरह से प्रचार करने के लिए योग्य हो चुकी थी। लेकिन मैंने तब तक इंतज़ार नहीं किया जब तक मैं "योग्य" हो जाती। मैंने 22 साल की उम्र में ही प्रचार करना शुरू कर

दिया था, क्योंकि बाइबिल यही कहती है। मैंने अपने जीवन के अगले 40 साल बाइबिल के वचनों का प्रचार करने के लिए समर्पित कर दिए। मैंने अपना समय, ऊर्जा, धन, युवावस्था और जोश पूरी तरह से इस कार्य में लगा दिया। अगर मैंने चर्च प्रणाली की सभी शर्तों को पूरा करने का इंतज़ार किया होता, तो 65 साल की उम्र में मैं क्या कर सकती थी? मैंने ऐसे लोगों को देखा है जो प्रचार करने की तीव्र इच्छा रखते थे। उन्होंने अपने परिवारों को सँभालने के लिए काम किया, फिर सेमिनरी की पढ़ाई पूरी की और 50 या 60 की उम्र में पादरी बने। लेकिन उनके पास सेवा करने के लिए ज़्यादा समय नहीं बचा था।

मुझे वह प्रणाली अधिक पसंद थी जिसके अधीन मैं काम कर रही थी। मैं आभारी हूँ कि मैंने अपने युवा समय में काम करना शुरू किया, बजाय इसके कि मैं तब तक इंतज़ार करती जब तक मैं योग्य मानी जाती और मेरे बाल सफ़ेद हो जाते। मैं ख़ुश हूँ कि परमेश्वर ने मुझे केवल बाइबिल के साथ विदेश भेजा और मुझे स्वतंत्र रूप से उनके वचनों के अनुसार काम करने की अनुमति दी।

प्रचार परंपरागत रूप से पुरुषों का क्षेत्र माना जाता है। हाल ही में ही महिलाओं को अभिषिक्त किया गया है और प्रचार की अनुमति दी गई है।

जब कोई पुरुष प्रचारक अपने उपदेश में गलती करता है, तो श्रोता इसे सहन कर लेते हैं। लेकिन यदि कोई महिला प्रचारक अपने उपदेश में गलती करती है, तो श्रोता इसे सहन नहीं करते। यही कारण है कि मैंने हर संदेश को तैयार करने में पुरुषों से दस गुना अधिक प्रयास किया।

फिर भी, कुछ लोग महिलाओं के प्रचार को स्वीकार नहीं करते। उनका पसंदीदा उद्धरण है:

"चर्चों में महिलाएँ चुप रहें। उन्हें बोलने की अनुमति नहीं है, बल्कि उन्हें अधीनता में रहना चाहिए, जैसा कि व्यवस्था कहती है। यदि वे कुछ पूछना चाहती हैं, तो अपने पतियों से घर पर पूछें; क्योंकि चर्च में महिला का बोलना अपमानजनक है।" (1 कुरिन्थियों 14:34, 35)

दूसरी मिशन यात्रा के दौरान, प्रेरित पौलुस ने कुरिन्थ में एक वर्ष छह महीने तक परमेश्वर का वचन सिखाया। (प्रेरितों के काम 18:11) इसके बाद वह कुरिन्थ छोड़कर चले गए। जब प्रेरित पौलुस वहाँ से चले गए, तो कुरिन्थ के विश्वासियों ने क्या किया होगा? कुरिन्थ की चर्च के पुरुषों ने प्रेरित पौलुस के जाने के बाद कड़ी मेहनत की। इसका प्रमाण यह था कि चर्च प्रेरित पौलुस के जाने के बाद भी बढ़ती रही। कुरिन्थ के चर्च को प्रेरित पौलुस ने 1 कुरिन्थियों 14:34, 35 के शब्द दिए। उस समय पुरुषों ने चर्च को मजबूत बनाने के लिए कड़ी मेहनत की, और महिलाओं ने अधीनता और प्रार्थना में उनका समर्थन किया। यह उस समय परमेश्वर के काम को करने का सबसे सही तरीका था।

लेकिन जब पुरुष प्रचार नहीं करते, और वे कुरिन्थ के चर्च के पुरुषों की तरह मेहनत नहीं करते, तो क्या ये शब्द अब भी लागू होते हैं? मेरी राय में, जब पुरुष प्रचार नहीं करते, तो महिलाओं को प्रचार करना चाहिए। जब पुरुष बाइबिल नहीं सिखाते, तो महिलाओं को बाइबिल सिखानी चाहिए। जो पुरुष अपना समय कंप्यूटर गेम, खेल, फ़िल्मों और शौक में व्यतीत करते हैं और प्रचार नहीं करते, उन्हें 1 कुरिन्थियों 14:34, 35 के शब्दों का हवाला देकर महिलाओं को चुप कराने का अधिकार नहीं है। यदि पुरुष प्रचार नहीं करते, और महिलाएँ भी प्रचार नहीं करतीं, तो चर्च का क्या होगा? चर्चों को अपने दरवाज़े बंद करने पड़ेंगे, जैसा कि यूरोप में हो रहा है।

कोरियाई पुरुष अपनी अनिवार्य सैन्य सेवा, पढ़ाई और नौकरी पाने में व्यस्त रहते हैं ताकि वे अपने परिवारों के लिए एक स्थिर जीवन

स्थापित कर सकें। मैं उन्हें प्रचार नहीं करने के लिए दोषी नहीं ठहराती। लेकिन परमेश्वर के वचन किसी न किसी के द्वारा तो प्रचारित होने चाहिए। इसलिए मैंने परमेश्वर के वचन का प्रचार किया। जो पुरुष बाइबिल सिखाते नहीं हैं, कृपया 1 कुरिन्थियों 14:34, 35 के शब्दों का हवाला देकर महिला बाइबिल शिक्षकों और प्रचारकों को चुप कराने की कोशिश न करें। इसके बजाय, अपने आप से पूछें: "क्या मसीही पुरुष इतनी लगन से परमेश्वर का वचन सिखा रहे हैं कि महिलाएँ प्रार्थना में चुप रहें?"

अध्याय 18:
दरवाज़ा जो खुलता है

मैं सिएटल में थी और अभी-अभी एक हफ़्ते की सेमिनरी की पढ़ाई पूरी की थी। तीन महीने पहले तय हुआ था कि उस वीकेंड मैं सिएटल गुड शेफर्ड चर्च में रविवार की प्रार्थना सभा के दौरान संदेश दूंगी। शनिवार की रात मेरी नींद उड़ गई थी, चिंता मुझे खाये जा रही थी। जब सब गहरी नींद में थे, मैं पादरी जोशुआ ली के घर के बेसमेंट में चली गई, जहाँ मैं ठहरी हुई थी। मुझे समय का अंदाज़ा नहीं था क्योंकि मेरे पास आम तौर पर घड़ी नहीं होती थी। मैं धीरे-धीरे, बिना आवाज़ किए सीढ़ियों से नीचे उतरी ताकि किसी की नींद में ख़लल न पड़े।

हमारी सेमिनरी की पढ़ाई के लिए सियोल की इंटरनेशनल सेमिनरी से प्रोफेसर सिएटल आए थे और उन्होंने पूरे एक हफ़्ते तक हमें पढ़ाया। पढ़ाई ख़त्म होने के बाद वे कोरिया लौट गए। लेकिन इस बार, हफ़्तेभर की पढ़ाई के साथ-साथ ग्रेजुएशन और अभिषेक समारोह भी आयोजित हुआ था। इसलिए इस बार सेमिनरी के CEO और ग्रेजुएट डिपार्टमेंट के डीन भी प्रोफेसरों के साथ आए थे। वे समारोह के बाद कोरिया नहीं लौटे, बल्कि सिएटल गुड शेफर्ड चर्च में रविवार की प्रार्थना सभा के लिए रुके हुए थे।

मुझे शनिवार रात ही पता चला कि रविवार सुबह मुझे 6 सेमिनरी प्रोफेसरों के सामने, जिनमें सेमिनरी के CEO और ग्रेजुएट डिपार्टमेंट के डीन भी शामिल थे, संदेश देना होगा।

यह मेरे लिए अप्रत्याशित और बेहद भारी था। उनकी उपस्थिति ने मुझे पूरी तरह से डरा दिया था। बस उनकी मौजूदगी के बारे में सोचकर ही मेरा आत्मविश्वास हिल गया था। क्या वे मुझे सिर्फ़ इसलिए नकार देंगे क्योंकि मैं एक महिला हूँ? क्या वे मेरे उपदेश को गंभीरता से नहीं लेंगे? क्या वे मन ही मन मेरे संदेश पर हँसेंगे? उपदेश विषय के प्रोफेसर मेरे संदेश के बारे में क्या राय बनाएंगे? वे सभी इस क्षेत्र के अनुभवी और विशेषज्ञ थे। उन्हें प्रेरित करना आसान नहीं होगा।

मुझे अफ़सोस होने लगा कि मैंने रविवार का संदेश देने का वादा क्यों किया। लेकिन तीन महीने पहले मुझे कैसे पता चलता कि ये प्रोफेसर उस प्रार्थना सभा में शामिल होंगे? अगर मुझे यह मालूम होता, तो मैं कभी भी, किसी भी हालत में यह वादा न करती। मैंने ख़ुद को ख़ूब डांटा। "तुमने ख़ुद इस तनाव को अपने जीवन में बुलाया है। आगे से जब भी काम ख़त्म हो, बस सीधे घर लौट जाया करो। ख़ुद को साबित करने की कोशिश मत किया करो।" मैंने ख़ुद को डांटा और इस मुसीबत से भविष्य के लिए सबक़ लिया। लेकिन यह समस्या का समाधान नहीं था। मुझे रविवार सुबह चर्च की सभा और उन 6 सेमिनरी प्रोफेसरों के सामने संदेश देना ही था।

मैं गहरी उदासी में डूब गई। मैंने उन दुखों को याद किया जिन्हें मैंने अपने पति की मृत्यु के बाद दिल में दबा रखा था। लेकिन इस बार मैंने उन्हें अपने मन से बाहर निकलने दिया। पति की मृत्यु के बाद मैंने उनके चर्च को जारी रखने का फ़ैसला किया। मैंने बाइबिल अध्ययन और रविवार के संदेशों की ज़िम्मेदारी संभाल ली। बाइबिल अध्ययन के दौरान मैं अक्सर बाथरूम भागती। वहाँ जाकर मैं सिंक में आँसू बहाती, चेहरा धोती, अपनी सूजी हुई लाल आँखें छिपाने के लिए चश्मा लगाती और फिर वापस आकर बाइबिल अध्ययन जारी रखती। यह एक पादरी की विधवा की दुखभरी कहानी थी। इसे याद कर मैं और भी टूट गई। मैं जितनी कोशिश कर सकती थी, कर चुकी थी, लेकिन अब मैं आगे नहीं बढ़ पा रही थी। मैं पूरी तरह हार चुकी थी, निराश और असहाय महसूस कर

रही थी। ऐसा लग रहा था कि मैं अपनी हिम्मत की आख़िरी सीमा तक पहुँच चुकी हूँ। कोई समाधान नज़र नहीं आ रहा था और समय हर बीतते सेकंड के साथ रविवार की प्रार्थना सभा के क़रीब आ रहा था।

गहरे दुख और निराशा में मैंने यीशु से प्रार्थना की, "प्रभु, मैं इस समय बहुत दुखी हूँ। कृपया, मुझे गले लगा लो।" थोड़ी ही देर में यीशु ने मुझे अपनी बाँहों में भर लिया। मैंने उनकी बाँह को देखा नहीं, लेकिन गले लगाने की ताकत को महसूस किया। यीशु ने मुझे दोनों बाँहों से नहीं, बल्कि एक बाँह से गले लगाया, जो मेरी दाईं ओर कुछ सेकंड के लिए था। वह अनुभव स्वर्गीय था। यीशु का प्रेम और शांति मेरे शरीर, हृदय और आत्मा में फैल गई। उस पल के लिए मैं बेहद ख़ुश हो गई। मेरा सारा दुख, दर्द और भय गायब हो गया। जब लोग निराशा में होते हैं, तो वे अक्सर दूसरों की ओर मदद के लिए रुख करते हैं। लेकिन यह ग़लत दिशा है। सही दिशा है - यीशु की ओर मुड़ना।

यीशु कोई किंवदंती नहीं हैं, जिनका उल्लेख केवल बाइबिल में किया गया हो। वे वास्तविक हैं। उन्होंने मृत्यु को स्वीकार किया और फिर से जीवित हुए। वे जीवित हैं। उन्होंने मुझे गले लगाया और उनके प्रेम ने मेरे शरीर, हृदय और आत्मा को पूरी तरह से पुनर्जीवित कर दिया। जब मेरे सारे मानव प्रयास और ताकत ख़त्म हो गए थे, तब यीशु ने अपने प्रेम से मुझे ऊर्जा दी। इसमें कुछ ही मिनट लगे। मैं परमेश्वर के प्रेम और शक्ति से उठ खड़ी हुई। कुछ मिनट पहले तक मैं एक दुखभरी, रोती हुई विधवा थी। अब मैं परमेश्वर की एक शक्तिशाली स्त्री बन चुकी थी। दाऊद ने इसे भजन 23:2 में वर्णित किया है: "वह मेरी आत्मा को पुनर्स्थापित करता है।" यीशु ने अभी-अभी मेरी आत्मा को पुनर्जीवित किया था।

मेरा हृदय प्रेम, शक्ति और आत्मा से भर गया। मैं कुर्सी से उठ खड़ी हुई। अब रविवार की प्रार्थना सभा के लिए ज़्यादा समय नहीं बचा था।

मुझे इस शेष समय का रणनीतिक उपयोग करना था। अब काम पर लगने का समय था! मैं बाहर चली गई।

जब समय कम हो, तो सबसे अच्छी रणनीति होती है प्रार्थना, जिससे परमेश्वर की मदद मांगी जा सके। मुझे प्रार्थना के माध्यम से परमेश्वर की शक्ति को बुलाना था। इस समय का उपयोग मुझे अधिक से अधिक प्रार्थना समर्थन जुटाने में करना था। मुझे यक़ीन था कि शायद किसी ने याद भी नहीं रखा होगा कि मैं आज सुबह संदेश देने वाली हूँ। वे शायद अपने नाश्ते के बारे में सोच रहे होंगे। मुझे ख़ुद ही पहल करनी थी। मुझे उनसे प्रार्थना करने का अनुरोध करना था।

मैं चर्च की ओर चल पड़ी। वहाँ मुझे एक व्यक्ति दिखा, जो चर्च की सफ़ाई कर रहा था। मैं उसे नहीं जानती थी, लेकिन इससे फ़र्क़ नहीं पड़ता था। मैं उसके पास गई और कहा, "मैं आज सुबह की प्रार्थना सभा में संदेश देने वाली हूँ। क्या आप मेरे लिए प्रार्थना करेंगे?" उसने हाँ कहा। हमने 3-4 मिनट के लिए मेरे संदेश और प्रार्थना सभा के लिए प्रार्थना की। इसके बाद, एक महिला वहाँ आई, शायद सुबह की प्रार्थना के लिए। मैं उसे भी नहीं जानती थी। मैंने उससे भी वही कहा। उसने भी सहमति दी और हमने कुछ मिनट के लिए प्रार्थना की। इसके बाद, मैंने अगले आने वाले व्यक्ति का इंतज़ार किया। फिर मैं एक से दूसरे, दूसरे से तीसरे, और आगे बढ़ती गई।

प्रार्थना सभा का समय क़रीब आ गया था। सभी चर्च के सदस्य और सेमिनरी प्रोफेसर अपनी-अपनी जगह पर बैठ चुके थे। मैं चारों ओर देख रही थी कि किसी से और प्रार्थना कराई जा सके। आख़िरकार, मैंने सेमिनरी स्कूल के CEO के पास जाने का फैसला किया। मैंने उनसे भी वही अनुरोध किया और उन्होंने सहमति दी। फिर हमने साथ में प्रार्थना की। और इस तरह, रविवार की प्रार्थना सभा शुरू हुई। ज़ाहिर तौर पर

मैंने नाश्ता छोड़ दिया था। जितना हो सके प्रार्थना का समर्थन जुटाने के प्रयास में, खाने का समय ही नहीं बचा।

जब मैं उपदेश देने के लिए मंच पर खड़ी हुई, तो मैं पूरी तरह आत्मविश्वास से भरी हुई थी, बिना किसी डर के। आम तौर पर, मैं लेक्चरन के पीछे खड़े होकर अपने लिखित पांडुलिपि का अनुसरण करती हूँ और एक ही स्थान पर स्थिर रहती हूँ। लेकिन उस दिन सब कुछ अलग था। मैंने लेक्चरन के पीछे खड़े रहने और लिखित पांडुलिपि पर निर्भर रहने का विचार छोड़ दिया। मैं पूरे मंच पर चलने लगी, इधर-उधर घूमते हुए। मैंने अपने दिल से बातें कहीं, जिनमें से कुछ तो पांडुलिपि में लिखी भी नहीं थीं। उस समय मुझे पवित्र आत्मा की उपस्थिति का गहरा एहसास हो रहा था। ऐसा महसूस हो रहा था कि आत्मा मुझमें, श्रोताओं के बीच, और पूरे स्थान पर सक्रिय रूप से काम कर रही है। उस दिन का संदेश मरकुस 5:21-43 पर आधारित था, जो पुनरुत्थान के विश्वास के बारे में था। यह मेरे जीवन का अब तक का सबसे शक्तिशाली और प्रभावशाली संदेश था।

प्रार्थना सभा के बाद, एक प्रोफेसर मेरे पास आए और बोले, "आप वाकई बहुत साहसी हैं। आप CEO के पास गईं और उनके साथ प्रार्थना की। हममें से कोई भी उनके पास जाने की हिम्मत नहीं करता, बात करना तो दूर की बात है।" यह सुनकर मैं मुस्कुरा दी। बस दो घंटे पहले तक मैं भी यही महसूस कर रही थी। CEO की उपस्थिति ने मुझे इतना डरा दिया था कि मेरा आत्मविश्वास डगमगा गया था। लेकिन जब मैंने यीशु का प्रेम और उनकी शक्ति को अपने भीतर महसूस किया, तो मैं पूरी निडरता के साथ उनके सामने खड़ी हुई और पुनरुत्थान के विश्वास का संदेश सुनाया। आख़िरकार, वह भी एक इंसान थे, जिन्हें इस संदेश की ज़रुरत थी। उस दिन मैंने पूरी प्रार्थना सभा में सभी के सामने, निडरता और आत्मविश्वास के साथ, पुनरुत्थान के विश्वास का संदेश साझा किया।

दोपहर के भोजन के बाद, मैं जल्दी सोने चली गई। रातभर जागने और नाश्ता न करने की वजह से मैं पूरी तरह थक चुकी थी। जब मैं सो रही थी, तो उपदेश के विषय के प्रोफेसर मुझसे मिलने आए, लेकिन मुझे सोता देख वापस लौट गए। मैं उनका बहुत सम्मान करती हूँ और उनके विचार सुनने का मौक़ा गंवाने का अफ़सोस हुआ।

कुछ दिन पहले, मैंने पादरी जोशुआ ली से फ़ोन पर बात की। उन्होंने बताया कि उन्होंने हाल ही में एक व्यक्ति से बात की, जो मुझे नहीं जानता था लेकिन उस रविवार की प्रार्थना सभा में मौजूद था, जब मैंने उपदेश दिया था। उसने मेरा संदेश सुना और आश्चर्य किया कि इतना शक्तिशाली संदेश मुझसे कैसे आया। यह घटना लगभग दस साल पुरानी है, लेकिन वह आज भी उस संदेश का ज़िक्र करते हैं।

दरअसल, हर दरवाज़ा खुलता नहीं है। कुछ दरवाज़े इसलिए नहीं खुलते क्योंकि उनके पीछे कोई मौजूद नहीं होता। जब भीतर कोई न हो, तो चाहे आप कितनी भी देर तक, कितनी भी ज़ोर से दरवाज़ा खटखटाएं, वह नहीं खुलेगा। लेकिन एक ऐसा दरवाज़ा है जो हमेशा खुलता है। वह दरवाज़ा खुलता है क्योंकि उसके पीछे परमेश्वर होते हैं। परमेश्वर ही वह दरवाज़ा खोलते हैं। जब तक परमेश्वर मौजूद हैं, वह दरवाज़ा खुलता रहेगा।

"खटखटाओ, और दरवाज़ा तुम्हारे लिए खोल दिया जाएगा।" **मत्ती 7:7**

"जो खटखटाता है, उसके लिए दरवाज़ा खोला जाएगा।" **मत्ती 7:8**

निराशा का दरवाज़ा: जो व्यक्ति संसार में सफल होता है, वह निराशा के दरवाज़े तक नहीं आता। लेकिन एक ऐसा व्यक्ति, जो पूरी तरह असफल हो चुका हो, वह अंत में निराशा के दरवाज़े तक पहुँचता है। चारों दिशाओं में, ऊपर और नीचे, हर रास्ता बंद हो चुका होता है। तब वह निराशा के दरवाज़े पर आता है। जब वह इस दरवाज़े पर परमेश्वर को पुकारते हुए

खटखटाता है, तो निराशा का दरवाज़ा बदलकर परमेश्वर का दरवाज़ा बन जाता है।

परमेश्वर का दरवाज़ा: सांसारिक संसार समाप्त हो जाता है और व्यक्ति एक नए संसार, परमेश्वर के संसार के दरवाज़े पर दस्तक देता है। वह खटखटाता है, बार-बार—"ठक-ठक-ठक, धम-धम-धम"—जब तक कि दरवाज़ा खुल न जाए। परमेश्वर का दरवाज़ा एक अलग संसार की ओर खुलता है, आध्यात्मिक संसार की ओर, परमेश्वर सर्वशक्तिमान के संसार की ओर। जब यह दरवाज़ा खुलता है, तो व्यक्ति एक नए संसार में प्रवेश करता है, जहाँ असंभव जैसा कुछ भी नहीं है और सब कुछ संभव है।

बहुत से लोग पूरी असफलता के दरवाज़े के सामने खड़े होते हैं। लेकिन उनमें से बहुत कम ही लोग परमेश्वर के दरवाज़े को ढूंढ पाते हैं। ऐसा इसलिए होता है क्योंकि वे कुछ घंटे या कुछ दिनों तक खटखटाने के बाद रुक जाते हैं। वे उस संसार में लौट जाते हैं, जहाँ वे असफल हुए थे, और सिर्फ़ जीवित रहने के लिए संघर्ष करने लगते हैं। वे असफलता की ओर क्यों लौट जाते हैं? उन्हें रुकना नहीं चाहिए था। उन्हें खटखटाते रहना चाहिए, जब तक दरवाज़ा खुल न जाए।

मैं उनसे पूछना चाहती हूँ जो असफल हो चुके हैं और अब जीना नहीं चाहते। क्या आप परमेश्वर के दरवाज़े को खटखटा सकते हैं—ठक-ठक, धम-धम—जब तक वह खुल न जाए? इस दरवाज़े पर दस्तक देने के लिए कोई शर्त नहीं है; न पैसा, न कोई नीति, न कोई प्रमाण पत्र, न कोई धर्म, न कोई अनुभव। यह बस परमेश्वर और एक निराश इंसान के बीच का संबंध है। यह दरवाज़ा आपके लिए खुलने के लिए बना है और इसके खुलते ही आप एक नया संसार देखेंगे।

मैं भी एक बार पादरी जोशुआ ली के घर के बेसमेंट में, एक अत्यंत दुखी प्राणी की तरह, निराशा के दरवाज़े के सामने खड़ी थी। अपनी तकलीफ़ में, मैंने परमेश्वर के दरवाज़े पर दस्तक दी, "कृपया, मुझे गले लगा लो।" परमेश्वर का दरवाज़ा मेरे लिए खुल गया और मैं स्वर्गीय प्रेम में सराबोर हो गई।

यह अविश्वसनीय था कि प्रभु यीशु ने मेरी आपदा को कैसे विजय में बदल दिया। इस चमत्कार ने मुझे ख़ुशियों से भर दिया। अगले दिन, मैं ह्यूस्टन लौट गई। उस वीकेंड, मैंने ह्यूस्टन CMI की प्रार्थना सभा में वही संदेश दिया। मैंने सोचा था कि यहाँ भी वही उत्साह देखने को मिलेगा, जो मैंने एक सप्ताह पहले सिएटल चर्च में देखा था।

मैंने वही पांडुलिपि पढ़ी, एक भी शब्द बदले बिना। लेकिन श्रोता बिल्कुल शांत रहे। उन्होंने संदेश पर कोई प्रतिक्रिया नहीं दी। यह क्या हो रहा है? मेरे शक्तिशाली संदेश का कोई प्रभाव क्यों नहीं पड़ा? पांडुलिपि वही थी, वक्ता भी वही था। लेकिन एक चीज़ अलग थी। सिएटल के चर्च में मैंने जितने अधिक लोगों के साथ संभव था, प्रार्थना की थी, और पवित्र आत्मा का आना हुआ था। लेकिन ह्यूस्टन के CMI चर्च में मैंने प्रार्थना नहीं की। मैं हताश नहीं थी और मैंने दरवाज़ा खटखटाया ही नहीं। इसलिए पवित्र आत्मा भी नहीं आयी। मैंने प्रार्थना के साथ और बिना प्रार्थना के फ़र्क़ को अपनी आँखों से देखा।

www.ingramcontent.com/pod-product-compliance
Lightning Source LLC
LaVergne TN
LVHW020110081026
849580LV00013B/1855
* 9 7 9 8 3 4 8 5 7 0 3 5 4 *